LA PLACE DU MORT

JEAN-MARC LIGNY - FABRICE BOUVIER

Si vous souhaitez recevoir notre catalogue
Et être tenu au courant de nos publications,
Envoyez-nous vos nom et adresse, en citant ce livre
et en précisant les domaines qui vous intéressent.

Éditions SOLAR
12, avenue d'Italie
75013 Paris
Site Internet : www.solar.fr

Dans la même collection

Direction littéraire : Corinne Césano
Édition : Benoît Bontout et Méryl Côte
Fabrication : Sandrine Levain

Direction de collection, conception graphique, réalisation éditoriale MediaSarbacane

ISBN : 978-2-263-05202-6
Code éditeur : S05202
Dépôt légal : juin 2010

ROMAN-JEUX

50 ÉNIGMES POUR RÉSOUDRE L'INTRIGUE

LA PLACE DU MORT

JEAN-MARC LIGNY - FABRICE BOUVIER

SOLAR EDITIONS

MODE DE LECTURE

Ami lecteur, cet ouvrage va vous mener au cœur d'une intrigue palpitante, dont le dénouement se situe dans le cahier scellé, situé aux pages 193 à 199.

Malheureusement, ce chapitre est pour l'heure illisible : il y manque les mots qui le rendront intelligible.

Ces mots sont donnés par les solutions aux 50 jeux et énigmes qui ponctuent le roman.

Ces derniers feront appel à vos facultés logiques, à votre mémoire, à votre sens de l'observation, mais aussi à vos connaissances. Vous devrez lire attentivement le texte et quelquefois rechercher dans les pages déjà lues les réponses menant à la résolution du jeu. N'hésitez pas à entourer au crayon les données chiffrées (heures, nombres de personnes, âges, etc.) au fur et à mesure de votre lecture...

Si vous butez sur la résolution d'un jeu, rien ne vous empêche de continuer la lecture du roman et d'y revenir plus tard.

Si vous ne parvenez pas à trouver toutes les réponses des jeux, vous pourrez tenter de le faire, par déduction, en lisant l'épilogue.

Et s'il reste encore des « trous », n'ayez crainte ! Savourez votre lecture comme celle d'un bon thriller, le second cahier scellé (pages 201 à 209) vous dévoilera le dénouement dans son ensemble. Il donne également la solution de chacun des jeux.

Ami lecteur, bonne lecture et bonne chance !

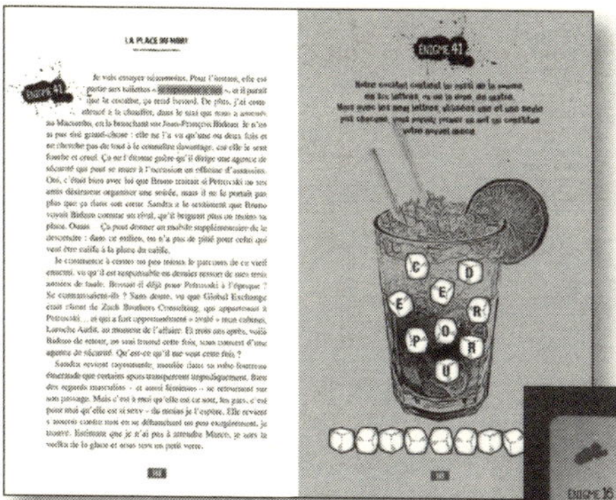

1 **Résolvez l'énigme.**

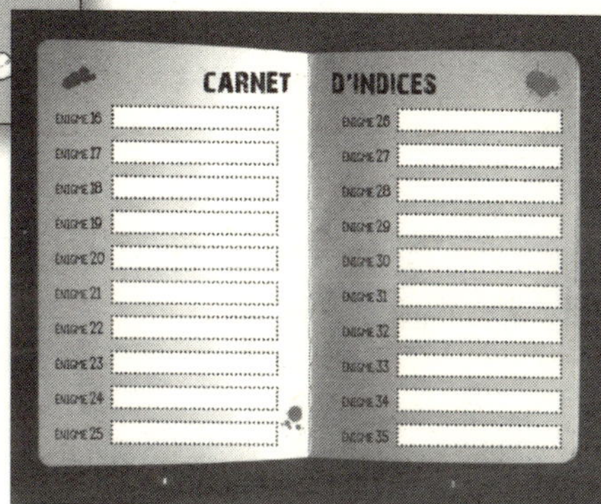

2

Reportez la solution dans le carnet d'indices pages 6 à 11.

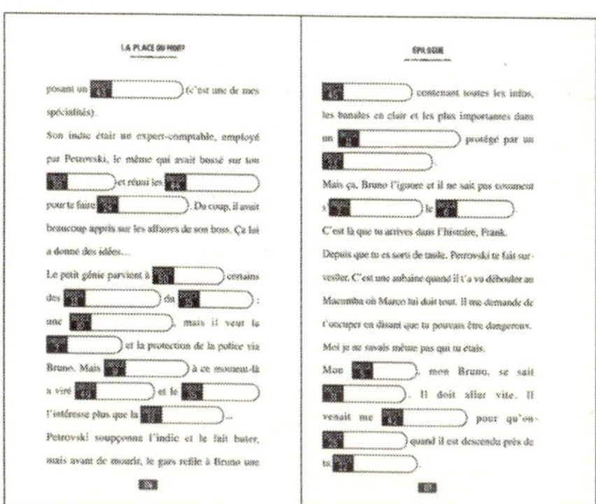

3

Une fois l'ensemble des jeux résolus, reportez les indices dans l'épilogue situé dans le premier cahier scellé.

4

Si besoin, découvrez l'épilogue et les solutions des jeux dans le second cahier scellé.

CARNET D'INDICES

ÉNIGME 1	DOUBLER
ÉNIGME 2	
ÉNIGME 3	
ÉNIGME 4	COMPETENCES
ÉNIGME 5	

ÉNIGME 6	MAGOT
ÉNIGME 7	
ÉNIGME 8	PETROVSKI
ÉNIGME 9	
ÉNIGME 10	FORTUNE
ÉNIGME 11	
ÉNIGME 12	
ÉNIGME 13	
ÉNIGME 14	
ÉNIGME 15	MAFIEUX

CARNET

ÉNIGME 16

ÉNIGME 17

ÉNIGME 18

ÉNIGME 19

ÉNIGME 20 CHEQUE

ÉNIGME 21

ÉNIGME 22 VOITURE

ÉNIGME 23

ÉNIGME 24

ÉNIGME 25

D'INDICES

ÉNIGME 26

ÉNIGME 27

ÉNIGME 28

ÉNIGME 29

ÉNIGME 30

ÉNIGME 31

ÉNIGME 32

ÉNIGME 33

ÉNIGME 34

ÉNIGME 35

CARNET

ÉNIGME 36 LYS.

ÉNIGME 37

ÉNIGME 38

ÉNIGME 39

ÉNIGME 40

ÉNIGME 41 PROCEDURE

ÉNIGME 42

ÉNIGME 43 MICRO

ÉNIGME 44 FAUSSES PREUVES

ÉNIGME 45 CLE USB

D'INDICES

ÉNIGME 46	TITINE
ÉNIGME 47	ENREGISTREMENT
ÉNIGME 48	
ÉNIGME 49	
ÉNIGME 50	CRAQUER.

UN PASSAGER ENCOMBRANT

Je suis plutôt content en sortant du Macumba cette nuit. C'est ma meilleure soirée depuis longtemps… Depuis que j'ai été libéré, en fait. Il faut dire que j'ai passé un long moment en compagnie d'une rousse carrément canon. Imaginez un peu : de longs cheveux bouclés, fins et soyeux, encadrant un visage d'une innocente perversité, des yeux verts à se noyer dedans, un corps à damner un saint, moulé dans une robe-fourreau émeraude. Vous pensez peut-être que j'exagère un brin, vu ma longue abstinence, mais pas du tout. Elle est particulièrement magnifique, avec cette nuance d'animalité qui me laisse tout chose. Elle était seule, et moi aussi. C'est ce qui nous a rapprochés – ça et un penchant commun pour la vodka à l'herbe de bison. Elle s'appelle Sandra, ce qui va bien avec son type, surtout le teint de sa peau. Nous avons bu, causé, dansé, et… je ne l'ai pas embrassée.

Elle ne part pas non plus avec moi, et je ne vais pas la baiser cette nuit. Sandra a prétexté qu'elle attendait un rendez-vous pour rester au Macumba, mais elle m'a donné son numéro de téléphone. OK, il est sans doute faux, je ne suis pas naïf. Et son rendez-vous, ça doit être son mec – ou plutôt son mac, ou alors un client. Car je la soupçonne de pratiquer le plus vieux métier du monde, bien qu'elle ne m'ait fait aucune proposition, ni même la moindre allusion. Pourtant je suis resté toute la soirée suspendu à ses lèvres avec le furieux désir d'y coller les miennes, mais je sais me tenir. Elle l'a remarqué et a apprécié, me semble-t-il.

Toquant nos verres à vodka, nous avons parlé de tout et de rien, avec humour et désinvolture, moi tout fébrile à l'intérieur, elle apparemment animée de la simple envie de bavarder un moment avec un inconnu. Pourquoi moi ? Des tas de garçons plus jeunes et mieux lotis que moi brûlaient d'envie de m'écraser sous leurs talons pour prendre ma place et déverser sur cette rousse pulpeuse des flots de conneries pré-coïtales. J'étais le gagnant du jour, le naze veinard qui avait tiré le gros lot et n'en profitait même pas : au lieu d'aller la sauter direct sur le parking, je restais le cul sur la banquette à échanger des banalités. Et au lieu d'une petite culotte-souvenir, je me contentais d'un numéro de téléphone probablement bidon…

N'empêche, j'ai vraiment apprécié cette fille, même s'il n'y a aucune suite. Et aussi, je l'avoue, les regards envieux et jaloux des étalons du troupeau… Tout ça me prouve que j'existe à nouveau, qu'on me voit sous les *sunlights* – et ça fait sacrément du bien, après trois ans passés à l'ombre.

Ceux de qui je n'aimerais pas être vu maintenant, ce sont les flics : même si j'ai laissé à Sandra la moitié de la bouteille – que j'ai payée – pour trinquer avec son rendez-vous, je suis quand même dans le rouge côté ballon. S'ils me chopent comme ça au volant, juste un mois après ma sortie de taule, je risque d'y retourner aussi sec. Enfin, je n'en sais rien, mais on m'a bien spécifié qu'étant mis à l'épreuve, je dois suivre une vie de citoyen exemplaire, sinon… Heureusement, je connais le coin comme ma poche : moyennant quelques détours dans la campagne, je peux éviter la plupart des embuscades policières.

Un peu dégrisé par la fraîcheur du parking, je cherche les clés de ma voiture dans les poches de mon blouson, tout en réfléchissant au meilleur itinéraire pour rentrer chez moi sans faire de mauvaises rencontres. Soudain, un corps vient se coller à moi.

Un dixième de seconde, j'imagine que c'est Sandra. Mais ce corps-là est plus massif et sent le sang, la sueur et la peur. Ce qu'il m'enfonce dans les reins, ce n'est pas un tube de rouge à lèvres, c'est le canon d'un flingue. Et sa voix rauque dans mon oreille ne susurre pas des mots d'amour :

– Ouvre ta caisse et ferme ta gueule.

L'argument d'acier qu'il presse contre moi m'incite à obéir. La joie simple qui m'inondait s'est condensée en une sueur froide qui me dégouline dans le dos. Me faire braquer ma bagnole ! J'étais à mille lieues de penser à ça. Pour le coup, les éventuelles embuscades policières deviennent intéressantes.

Or ce mec ne veut pas me piquer ma Titine – ou plutôt, il a besoin d'un chauffeur : il me pousse à ma place de conducteur et s'installe à l'arrière, sans cesser de me braquer de son flingue noir, compact, impressionnant. Je découvre dans le rétro, à la lumière du plafonnier, que ses traits sont tordus de douleur. Il se tient le ventre d'une main rougie de sang. Sa chemise en est trempée, sa veste maculée, il en a même mis sur moi !

– Démarre !

– Je… vous emmène à l'hôpital, je présume ?

Le type n'a pas le temps de me répondre. La lunette de la voiture vole en éclats, et la portière de son côté résonne d'un impact sec. L'un des feux arrière explose également.

– Mais fonce, bordel ! intime le blessé, tassé sur la banquette.

Un bref coup d'œil alentour me convainc que ce n'est pas de la grêle qui tombe, mais bien qu'on nous tire dessus. Des gusses accourent vers nous sur le parking, brandissant des pistolets munis de silencieux. Nouveau choc dans la portière, miaulement d'une balle sur le bitume. Et cette fois, c'est mon rétro extérieur qui est emporté : ils tirent des balles dum-dum ou quoi ?

Je démarre et je fonce, slalomant comme un fou dans le parking encombré mais heureusement désert. Nos poursuivants devaient être garés pas loin, car avant même d'atteindre la sortie, des phares puissants éclairent mon rétro.

Je surgis sur la route en un dérapage à peine contrôlé et je mets la gomme – tant pis pour les embuscades policières. Les autres ont sûrement une bagnole plus puissante que la mienne, car ils me rattrapent vite. J'entends de nouveau les balles siffler – l'une d'elles vient se loger dans le plafond, avec un bruit crissant de déchirure. Bon, je ne les sèmerai pas sur la nationale. Mais comme j'ai dit, je connais le coin comme ma poche.

J'aborde le rond-point beaucoup trop vite, je risque à tout instant le tête-à-queue en le négociant façon glissade, contre-braquant et moulinant du volant, mes pieds tressautant sur les pédales. Je réussis à m'engager dans une petite route de campagne en mordant un peu sur les bas-côtés, la voiture vacille d'un bord à l'autre de la route. Je parviens à rétablir son assiette juste avant le virage suivant, assez raide mais qui peut être négocié à 60 en le coupant franchement – je le survole à 90. J'ignore comment je fais pour ne pas me planter, je grimpe franchement sur le talus mais ma brave bagnole rejoint la route toute seule, on dirait. Derrière, les autres perdent un peu de terrain mais ne lâchent pas prise. Ils conduisent bien ces enfoirés, car cette route qui serpente dans les collines est pleine de virages, de nids-de-poule et autres surprises, pas évidente même à vitesse normale. J'essaie de ménager au maximum les amortisseurs fatigués de ma caisse, car on est pas mal secoués, mon passager et moi. Je ne l'entends plus, d'ailleurs, mais cramponné au volant comme je le suis, scrutant les faisceaux des phares qui dansent furieusement devant moi, je n'ai pas le temps de surveiller ce qu'il fait.

ÉNIGME 1

J'arrive à un carrefour en patte d'oie. Au dernier moment, je bifurque à gauche, dans un chemin

ÉNIGME 1

Les chemins sont parfois multiples pour arriver au même endroit. Comment partir du Macumba pour arriver à destination en passant par toutes les cases une et une seule fois ?

Lorsque vous avez atteint le tracé idéal, notez les 4e, 8e, 12e, 16e, 20e, 24e et 28e lettres rencontrées au cours de votre périple à travers les 33 cases. Elles forment dans cet ordre votre premier indice.

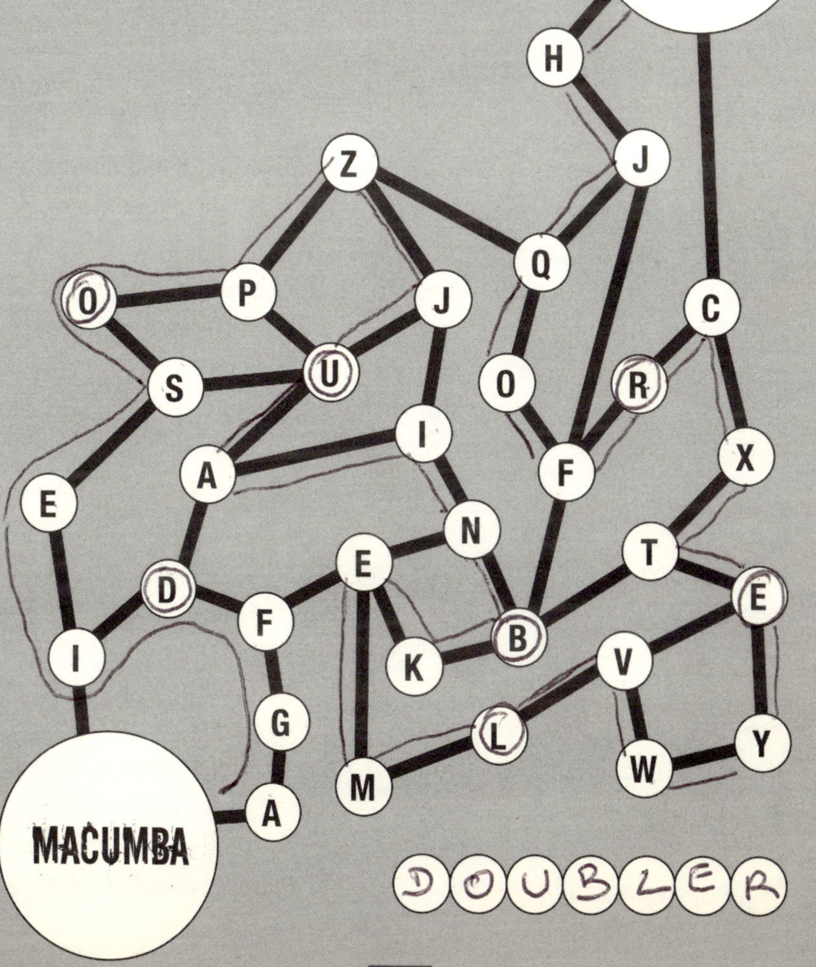

vicinal tortueux et défoncé. Je sais que cette voie est plus ou moins praticable jusqu'à une ferme, au-delà de laquelle ce n'est plus qu'un chemin de terre raviné par les tracteurs, qui rejoint une autre petite route baguenaudant parmi les collines.

Je fonce là-dedans comme si j'étais à bord du train fantôme dans le tunnel de la mort. À plusieurs reprises, je manque de verser dans le fossé, de me planter dans le talus, de m'enquiller un arbre. Je franchis un petit pont sur une rivière avec deux roues dans le vide, je le jurerais. Titine renâcle et gémit, ses amortisseurs cognent et crient pitié, mais les autres s'accrochent toujours, je perçois de temps à autre les flashes de leurs phares dans le rétro.

Il me vient alors à l'esprit que je suis en train de leur ouvrir la route. C'est pourquoi ils me collent ainsi, à moins d'être du coin eux aussi. Il y a assez de lune, je peux prendre le risque d'éteindre les phares… Ce que je fais au niveau de la ferme, où mon arrivée déclenche un concert d'aboiements, caquètements et cris d'animaux de toutes sortes. En un beau dérapé-coulé suivi d'une contre-virevolte, je m'engage dans le chemin bien boueux et glissant, troué de grandes flaques d'eau vaseuse. Je tressaute comme si je faisais du rodéo, mes roues sont saoules de gadoue, je ne contrôle plus du tout la direction. Par chance, les ornières des tracteurs me maintiennent à peu près sur la piste. Derrière, vers la ferme, je perçois des hurlements de freins, de grands crissements de pneus, une gueulante humaine et un coup de feu – le fermier, ulcéré par ce gymkhana nocturne à sa porte ? En tout cas, ils ont dû mettre un peu de temps à trouver le chemin, car je ne vois plus leurs phares dans mon rétro… Merde, si, là-bas, cette lueur entre les arbres : ils n'ont pas perdu la piste, mais j'ai un peu d'avance. Je peux me permettre de ralentir un peu, pour éviter de péter le train avant dans le prochain trou d'eau.

Bien m'en a pris : ça me permet d'apercevoir la trouée entre les buissons – une allée forestière qui s'enfonce dans les sous-bois.

À force de titiller le volant, je parviens à persuader les roues avant de tourner dans la bonne direction. Après m'être extirpé non sans mal de la boue des ornières, je roule sur un tapis de feuilles mortes qui soulage ma voiture fatiguée. Au bout d'un long virage, le chemin descend dans un vallon au fond duquel je m'arrête.

Je tends l'oreille par-delà les soupirs et cliquètements de la voiture fort éprouvée, dans la nuit silencieuse… Je perçois la bagnole des autres qui rugit là-haut sur le chemin, elle aussi à la peine. Bon, s'ils font très gaffe, ils peuvent repérer mes traces, mais sauront-ils les distinguer de celles des tracteurs ?... Il semble que non : le ronflement du moteur s'éloigne… Bonne virée dans l'arrière-pays, les gars. Vous verrez, c'est sympa, dans le genre trou perdu.

Je m'autorise deux minutes pour souffler et soutirer au moins un début d'explication à mon passager – ou mon ravisseur ? – qui ne s'est guère montré loquace jusqu'à présent. OK, il y avait le stress de la route, mais maintenant, on peut se détendre, non ? D'ailleurs je constate, dans mon fidèle rétro qui me dit tout, que son flingue n'est plus braqué sur ma nuque. Le gars s'est avachi sur la banquette arrière.

Je me retourne doucement, sans gestes brusques, on ne sait jamais.

– Hé ho ? Ça va ?

Non, de toute évidence : il est affalé contre la portière. Sa main qui tenait le pistolet pend mollement le long de son corps, et l'arme est tombée sous le siège. Son autre main – celle pleine de sang – repose sur sa cuisse, découvrant la plaie sanguinolente qu'est son ventre. Sa tête est retombée sur sa poitrine, les yeux grands ouverts.

Je n'ai pas besoin de lui tâter le pouls : il est tout à fait mort.

Merde ! Il n'y a pas une demi-heure, j'étais encore un homme heureux, caressant des pensées libidineuses, et voilà que je me retrouve au fond des bois avec un cadavre dans ma bagnole, qui a foutu du sang partout. Je continue le bilan : je suis sorti de taule depuis un mois, j'ai zéro virgule bingo grammes d'alcool dans le sang, on est vendredi soir et il y a des flics partout, sans parler des tueurs encore aux trousses de mon joyeux compagnon.

Que du bonheur, quoi.

***

En réfléchissant, je parviens à la conclusion qu'à court terme, il n'y a que deux solutions possibles (à part m'enfuir en hurlant dans les bois, mais ce n'est pas mon genre) : un, appeler les flics et les attendre sur place sans toucher à rien ; deux, me débarrasser du cadavre et rentrer à la maison comme si de rien n'était.

ÉNIGME 2

Je sors de la voiture et le froid me saisit, en un long frisson qui me secoue tout entier. Je respire à pleins poumons l'air humide, évacuant mes dernières traces d'adrénaline. La nuit est si calme… Je me laisse absorber un moment par le spectacle de la lune jouant à saute-mouton avec les nuages qui défilent majestueusement. Une belle nuit, vraiment, que j'aurais préféré finir avec la rouquine de la boîte, mais bon… Reprenons nos esprits : la réalité est beaucoup moins sexy.

Pas question d'avoir affaire aux flics, en tout cas : c'est le retour assuré à la case prison, je fais trop suspect idéal. Je vais donc me débarrasser de ce macchabée, ni vu ni connu. J'entrevois une sorte de ravine là-bas qui me paraît tout à fait appropriée. J'ouvre la portière à mon passager, qui s'écroule en vrac dans l'herbe. On dirait qu'il fixe la lune d'un air étonné, mais ses yeux sont vides. Prenant mon courage à deux mains, je l'empoigne sous les aisselles, lorsqu'un truc brillant dépassant de la poche-poitrine de sa veste attire mon regard…

Je l'avoue, j'ai un vilain défaut : une curiosité parfois mal

ÉNIGME 2

Quand le mouton parvient à s'échapper de la case prison, il se met à faire des bonds à la manière d'un cavalier de jeu d'échecs.

Rappelons que le cavalier se déplace en faisant deux pas dans un sens puis un à angle droit : par exemple, en partant du I, il pourrait atteindre un R (chemin TSR), un N (TSN) ou un E (NME).

En partant de la case prison, faites faire onze bonds au mouton pour épeler, dans l'ordre, les lettres d'un verbe pronominal qui constituera votre second indice.
L'animal ne s'arrête jamais dans une case où figure l'une des consonnes du mot MOUTON (mais il peut les traverser).

A	C	N	L	P
M	N	P	S	R
R	S	N	R	T
U	T	P	E	C
	I	N	M	O

placée, une propension quasi compulsive à vouloir fouiner dès que ça ne me paraît pas clair. Elle s'avérait fort utile dans mon métier : audit financier externe pour les entreprises. Je vérifiais et validais les comptes annuels et prévisionnels, les faillites et dépôts de bilans, les budgets d'investissement et de fonctionnement, etc. Rien de bien excitant ni d'aventureux a priori… N'empêche, c'est mon penchant de fouineur qui m'a valu d'aller en taule à la place de mon client, si je puis dire. Je raconterai peut-être ça un jour, quand je serai moins étouffé par la haine. Actuellement, je suis au chômage et mes petites économies fondent à vue d'œil. Raisonnablement, je n'aurais pas dû payer à Sandra une bouteille de vodka bison.

Cédant à mon défaut, j'extrais d'un joli mouchoir de soie le machin brillant en question, un petit tube d'acier chromé. Tiens, tiens… Je vais décrocher du tableau de bord ma lampe-stylo-porte-clés de voiture afin de l'examiner plus en détail. Une de ses extrémités porte des traces de poudre blanche… Cocaïne ?

J'ai envie d'en savoir plus, évidemment. N'allez pas croire que je sois porté sur la chose – moi, comme j'ai dit, c'est la vodka bison –, c'est mon penchant fouineur qui prend le dessus. J'entreprends une fouille en règle du cadavre, en évitant de me mettre du sang plein les doigts.

Je constate tout d'abord qu'il porte un revolver sous sa veste. Ça fait très pro, dans le genre truand… ou flic. Dans l'une des poches intérieures, je trouve la confirmation de ce que m'a suggéré le tube chromé : un sachet de poudre blanche, qui scintille légèrement au halo pâlot de ma mini-torche. Pas loin de dix grammes, à vue de nez… Voilà qui situe un peu mieux le bonhomme : certainement pas côté flic. Avec le sachet, un paquet de cartes de visite portant juste un nom – Bruno Lesage – et un numéro de portable. Lui, sans doute. Faisait-il du démarchage avec son échantillon ?... Plus tard, les suppositions. Je poursuis ma fouille.

De l'autre poche de la veste, je sors un téléphone portable, un portefeuille et une clé USB. Le portefeuille me ravit : j'y trouve une liasse de billets de vingt euros tout neufs, aussitôt transférés *in my pocket*. Ça remboursera la casse sur ma voiture. À part ça, il contient un permis de conduire, un autre de port d'arme (un pro...), une carte Visa – tous au nom de Bruno Lesage –, quelques tickets émanant de ladite carte, des cartons d'invitation de boîtes de nuit avec des prénoms griffonnés au dos, et c'est tout.

De ses poches de pantalon, je retire un peu de monnaie et des clés de voiture, de marque Audi. Ce saligaud avait donc sa propre bagnole. Mais peut-être n'a-t-il pas pu l'atteindre, ou bien il se sentait trop mal en point pour la conduire... Je ne peux pas lui donner tort.

Je considère mon butin posé sur le coffre de ma caisse, tout en me traitant de triste con. Tout est couvert de mes empreintes, maintenant. Je devrais soigneusement essuyer et remettre en place chaque objet, mais je n'ai rien sous la main, j'ai froid, j'ai envie de rentrer chez moi, je crains un peu que les tueurs ne reviennent dans le coin et, en fin de compte, je n'ai pas envie de faciliter le boulot aux flics – même si ce ne sont pas les mêmes qui m'ont foutu en taule.

Du coup j'embarque tout, avec les biffetons.

Puis je me lance dans la tâche ingrate de planquer ce corps encombrant. Je n'avais jamais porté de cadavre jusqu'à présent. Aucune coopération, il se prend les mains et les pieds dans les broussailles, s'accroche aux ronces, gît en vrac là où on le lâche.

À l'issue de maints efforts tâtonnants dans l'obscurité (la lune ne daignant pas descendre jusqu'ici), de vautrages dans les buissons, de gamelles et de jurons, je parviens à le balancer dans la ravine que j'avais repérée, au fond de laquelle glougloute un ruisseau. Pas génial ni très écolo, je sais, et pas très loin du chemin non plus, mais il fait noir, c'est mouillé, ça glisse et je ne suis pas du tout équipé pour crapahuter dans les bois. Je me promets de revenir au jour, plus discrètement, pour parfaire le travail si nécessaire.

Tout en regagnant ma voiture, je me demande ce qui m'a pris, pourquoi je lui ai piqué tout ça. Je cherche les emmerdes ou quoi ? Il est clair que ce type était un truand ou un dealer. Dans ma position encore délicate avec la justice, c'était la dernière connerie à faire : je suis accablé d'indices accusateurs, maintenant. « Exemplaire tu seras, sinon il t'en cuira » : voilà mon credo. C'est peut-être ça qui me gonfle, justement, et ensuite j'ai réagi comme un gamin en prenant tous ces trucs… Mon esprit rebelle s'est rebellé, mon penchant fouineur a fouiné, et voici le résultat : j'embarque avec moi de quoi m'occuper un bon moment, me distraire de mes recherches d'emploi stériles (« désolé monsieur, vu vos antécédents judiciaires, vous comprenez qu'on ne peut pas vous faire confiance »), donner un sens à ma vie – même si ça m'attire des embrouilles. Et puis merde, après tout, j'ai le droit de savoir : ce gars-là s'est immiscé dans mon existence sans crier gare ni se présenter, il a sali ma Titine, ses ennemis l'ont percée de balles, et il a eu le mauvais goût de rendre l'âme sur ma banquette arrière.

ÉNIGME 3

En démarrant, je me dis, tout guilleret, que ce n'est pas de l'audit que j'aurais dû faire pour exalter mon penchant fouineur : c'est détective privé. La vérité des chiffres, c'est pas mal, mais le monde réel c'est quand même mieux. La belle Sandra d'un côté, de l'autre le trouble parcours d'un dealer mort dans ma voiture… Comme vues de l'esprit, c'est un peu plus excitant qu'un bilan comptable.

Mais ce soir-là, j'agis comme un gamin, échauffé par mon aventure, sans penser un instant aux conséquences.

Or, celles-ci vont bien vite pointer le bout de leur nez, et montrer leurs crocs méchants.

ÉNIGME 3

Éliminez parmi les 25 candidats les mots qui correspondent à au moins un des indices accusateurs. Parmi les trois que vous n'aurez pas biffés, le premier dans l'ordre alphabétique sera votre nouvel indice.

AGRESSIF (5)
ANISÉ (6)
BAOBAB (1)
CIRONNÉE
DÉCISION (10)
DÉTOURNER
DIALECTE
ÉCHAFAUD (5)
FOLKLORISANT (9)
HANTES (6)
HIPPOCAMPE (8)
INTERSTICE (3)
JOURNALISTE (2)
KILOGRAMME
LAVAL (1)
MAMMOUTH (8)
MISANTHROPE (2)
OBSCURCIE
POINTOIS
PSYCHODRAME (2)
RACCOURCI (8)
RATIER (7)
RÉANT (6)
RESSASSER
SOMNOLER (3)

Indices accusateurs :

1. Ces deux mots sont des palindromes : ils se lisent de la même façon à l'envers qu'à l'endroit.
2. Pour écrire chacun de ces mots d'au moins sept lettres, on n'utilise pas deux fois la même lettre.
3. Ces mots contiennent une séquence ordonnée de trois lettres consécutives dans l'alphabet (abc, bcd, …, xyz).
4. Ces termes sont anagrammes d'un mot de la phrase contenant l'expression « indices accusateurs ».
5. Deux termes commencent par une voyelle et se terminent par une consonne.
6. Ces mots peuvent être précédés de « mec ».
7. Dans celui-ci, on peut insérer le mot « bois ».
8. Ceux-là comportent exactement trois fois une même consonne.
9. Ce mot contient toutes les lettres de Frank.
10. Celui-ci est formé à partir des lettres d'INDICES auxquelles une voyelle a été ajoutée.

ÉNIGME 4

Les nombres devant les définitions indiquent les cases de début et de fin du mot cherché.
Après avoir rempli la grille, reportez en dessous les lettres trouvées dans les cases identiques pour former le mot-indice.

1-6. Rongeur permettant de fouiner dans l'ordi.
4-9. Danger dont Jonathan et Jennifer avaient l'amour.
7-14. Dispute chère à Jean Genet.
13-21. Samedi pour vendredi.
20-27. Toile pour surfer chez soi.
26-29. Ou pas, c'est la question…
27-31. Façon claire de mettre les points sur les i.
30-36. Lieu dont arrive Frank.
35-41. Une occasion unique de se faire un nom.
40-43. Il est déroulant sur un ordinateur, mais pas au restaurant.

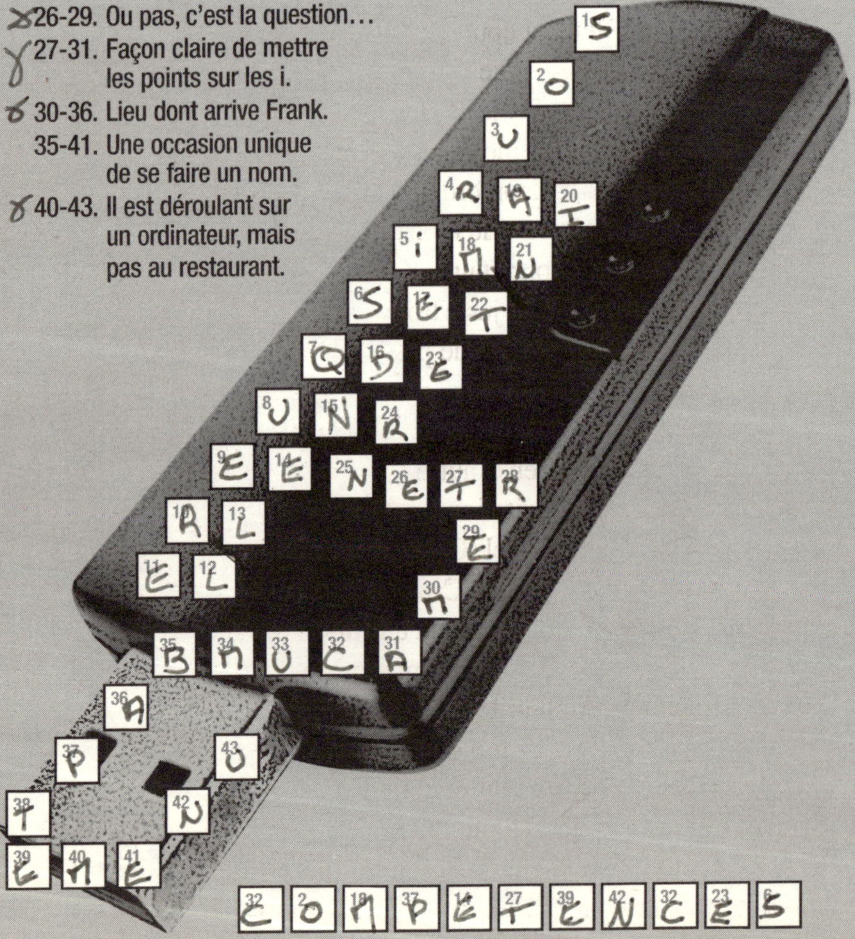

UNE VISITE IMPROMPTUE

Je suis complètement épuisé en arrivant chez moi, mais au lieu d'aller direct au pieu, je vais prendre une douche rapide (histoire d'évacuer ces miasmes de mort) suivie d'un dernier verre de vodka bison. Les deux me requinquent assez pour que je décide de m'installer devant mon ordi dans lequel j'insère la clé USB, qui va me dire – du moins je l'espère – bien des choses sur son propriétaire .

ÉNIGME 4

Eh bien, que dalle. J'ai juste trouvé un fichier caché et il est protégé par un mot de passe. Impossible de l'ouvrir.

Je me dis, sans trop y croire, que le type l'a peut-être inscrit sur un truc dans son portefeuille, que j'inspecte à nouveau minutieusement. Mais rien – rien d'autre que ces quatre prénoms inscrits au dos de cartons d'invitation de discothèques : Sam (derrière la carte du Privilège), Daniel (Ocean Eleven), Marco (le Macumba – là d'où je viens) et Miss Cruella (Le Chat à neuf queues, ce dernier club n'étant pas vraiment une discothèque). À tout hasard, je les essaie l'un après l'autre : mot de passe incorrect.

Je remets le portefeuille et la clé dans mon blazer, dans l'optique de les rendre à Bruno si je retourne mieux le planquer, ou de les balancer dans un autre coin discret. Il ne vaut mieux pas garder ça chez moi de toute façon.

Reste le portable : au moins, lui ne me demande pas de mot de passe. L'image de fond d'écran est un superbe yacht. Celui de Bruno Lesage ? Si c'est le cas, il n'était pas juste un petit fournisseur mais un gros bonnet, comme on dit dans ce milieu. Ce qui ne cadre pas avec sa mort : les gros bonnets ont des gardes du corps, il aurait été protégé !

Bon, sautons à l'essentiel : son répertoire. Parmi les dizaines de noms et numéros qu'il contient, je retrouve trois de ses contacts de boîtes : Sam, Daniel et Marco, et peut-être le quatrième sous un autre nom : Véronique (MC). Je remarque aussi qu'il comporte beaucoup de prénoms féminins – dont une Sandra : celle que je connais ? Facile à vérifier : je vais chercher son numéro dans la poche de ma veste – mais c'est un numéro de fixe, non de portable. À moins d'appeler, pas moyen de savoir… On verra plus tard. Ses conquêtes ? Je ne l'ai pas bien observé, mais il ne m'a pas paru irrésistible. C'est vrai que des yeux de poisson mort, ça refroidit le sex-appeal…

Autre détail intrigant, je repère les noms de plusieurs personnalités politiques. Pas des hommes de premier plan comme des ministres, députés ou chefs de partis, plutôt des seconds couteaux, du genre de ceux qui tissent leur toile et tracent leur carrière dans l'ombre et les eaux troubles. L'un d'eux notamment, Serge Petrovski, redoutable homme d'affaires, brigue ouvertement un poste de ministre pour le prochain remaniement. Et il peut y arriver, car il a de solides appuis parmi les plus retors et crapuleux des big boss de l'industrie, de la finance ou de la politique… Retrouver son numéro perso (si c'est bien le sien) dans le portable d'un petit dealer (ou supposé tel) abattu au Macumba me fait bouillir la marmite à idées : j'imagine une histoire croustillante mêlant drogue, sexe et politique, du genre qui mettrait sur orbite la rédaction de n'importe quelle feuille de chou people.

ÉNIGME 5

Revenons à la réalité : je n'ai pas fini d'explorer le portable. Quel est le dernier numéro appelé ? Un certain Marco. Pour dire qu'il arrivait, sans doute…

ÉNIGME 5

Atteignez 69 dans toutes les directions (horizontalement, verticalement et dans les grandes diagonales) avec les seize chiffres qui vous sont proposés. Trois sont déjà positionnés. Replacez chacun des treize autres dans une case de forme identique à celle où vous l'aurez trouvé.

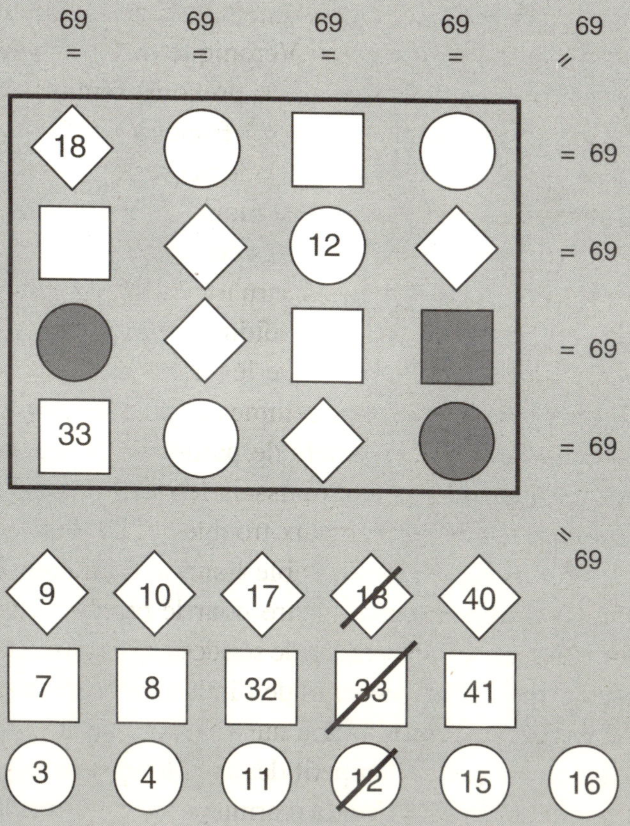

Maintenant que vous avez rempli le carré magique, faites la multiplication des trois nombres figurant dans les cases grisées :

___ x ___ x ___ = _____

Transformez ce nombre obtenu en mot avec l'astuce suivante (1 = A ; 2 = B ; … ; 10 = J ; 11 = K ; 26 = Z).
Quel mot de trois lettres obtenez-vous ?

Bruno est-il tombé dans un traquenard ? Est-ce que ce sont les hommes de ce Marco qui l'attendaient ? Ou son appel a-t-il été intercepté par un gang rival ? Après tout, il n'y a pas que les flics qui sont capables de faire ça.

La messagerie, maintenant : pas de SMS reçus ni envoyés. Un seul message vocal, émanant de… Sandra ! Tout récent, puisqu'il a été émis à 1 h 41. À ce moment-là, je faisais mon rallye nocturne dans les chemins de terre avec les tueurs de Bruno aux trousses. Son portable devait être en mode vibreur, en tout cas je ne l'ai pas entendu et lui non plus – sans doute déjà mort.

Je m'empresse d'écouter le message :

« Bruno, je suis toujours au Macumba, je t'attends, qu'est-ce que tu fais ? Rappelle-moi si tu as un problème. »

C'est sa voix ! La voix de « ma » Sandra ! C'est avec Bruno qu'elle avait rendez-vous ! Comme le monde est petit… Ben oui, ma belle, Bruno a eu un problème. Dois-je l'en aviser maintenant ? Il est plus de trois heures du mat', je crains de déranger. D'un autre côté, s'il était son petit ami… Non : c'était son fournisseur. Elle l'attendait pour lui acheter de la coke. Si ça se trouve, ce sachet que j'ai piqué à Lesage était pour elle. Et maintenant elle est en manque, à grincer des dents, griffer les draps de son lit et traiter Bruno de tous les noms. Ça lui rendrait service si je le lui rapportais… Du coup, j'en oublie ma fatigue.

J'attrape mon téléphone et m'apprête à composer son numéro de portable – au moins celui-là n'est pas bidon – mais mon index hésite sur les touches. Du calme, vieux... Même si mon scénario colle au poil, ce ne sont que des suppositions. Si la coke n'avait rien à voir ? S'ils avaient rendez-vous pour tout autre chose ?

Je finis ma vodka bison, suis tenté de m'en servir une autre pour me donner le courage d'appeler, me dis que ce n'est pas sage si je dois reprendre la route – surtout avec une vitre et un rétro brisés, deux impacts de balles et du sang sur la banquette arrière. Laisse tomber.

Et puis tant pis ! Je compose le numéro. J'ai le cœur qui tape, je me sens très con, mais tant pis. Ça décroche au bout de trois sonneries : pas encore couchée non plus, la belle ?

– Oui ? Qui est-ce ?

– Salut Sandra, euh… c'est Frank, tu sais, on s'est rencontrés ce soir au Macumba…

– Ah oui, Frank. Je suis fatiguée, je dormais (menteuse !), rappelle-moi plus… Mais… comment as-tu eu mon numéro de portable ?

Elle réagit vite : pas si fatiguée que ça ! J'éclaircis ma voix et me lance :

– Hum, c'est une longue histoire… Compte tenu de l'heure, je vais essayer de faire court : le Bruno que tu attendais est mort dans ma bagnole parce qu'on lui a tiré dessus, et je crois qu'il avait sur lui quelque chose qu'il devait te remettre. Je me trompe ?

Silence au bout du fil. Je me demande si je n'ai pas été un peu raide, j'aurais dû développer un chouïa… Elle finit par percuter :

– Bruno est mort ?

– Désolé si j'ai été brutal…

– Tu le connaissais ?

– Non. On n'a pas échangé trois mots, en vérité.

– Qu'est-ce qu'il t'a dit ?

– Des banalités : « démarre, putain », « mais fonce, bordel », des trucs comme ça. On n'avait pas vraiment l'esprit à bavarder, puisqu'on avait ses tueurs au cul.

– Je ne comprends rien à ton histoire, Frank. Tu es ivre ? Tu me racontes des salades ?

– Pas du tout, Sandra. J'essayais de faire court, mais si tu veux, je t'apporte ce qu'il avait pour toi et je te raconte tout en détail, tranquillement, devant une petite vodka bison…

– Ah bon ? Il te l'a donnée ?

– Euh… « Donnée » n'est pas le mot. Disons qu'il n'en avait plus besoin. Mais peut-être que toi, si. Je te l'apporte ?

– Maintenant ? Mmh… Elle est bien en sécurité chez toi ?

– Pas de souci, elle est dans un tiroir de mon bureau, personne n'y touchera, pas même moi.

– Bon, d'accord. Dans ce cas, ça peut attendre demain. Rappelle-moi vers midi, on se donnera rendez-vous.

Elle coupe là-dessus, me laissant comme deux ronds de flanc avec mon téléphone et mon verre vide. Mais pas mon cerveau, tout émoustillé, échafaudant des plans du genre : je lui amène sa dope qu'elle n'attendait plus, elle me saute au cou, pleine de reconnaissance, s'enfile une grande ligne et s'abandonne à ses fantasmes les plus fous.

Du coup j'ai un peu de mal à m'endormir, et le reste de ma nuit est peuplé de rêves érotiques. Malheureusement, la réalité va se révéler beaucoup moins torride.

***

Le lendemain matin, je réussis malgré tout à me lever assez tôt pour nettoyer ma voiture, maquiller les deux impacts de balles et faire remplacer la lunette arrière avant midi. Il faut dire que j'ai une sacrée motivation : Sandra, mon rendez-vous avec elle et la perspective de savoir un peu plus dans quoi je suis embringué… Les taches de sang, c'est sacrément dur à enlever, même avec des produits prétendus « miracles ». Ce qui fait que je suis encore au garage, à attendre qu'on finisse de me poser la vitre, quand j'appelle Sandra à midi pile.

Elle n'est pas très bien réveillée cette fois, et comme il pleut, elle n'a guère envie de sortir. Je la sens déprimée, la jolie Sandra… Le manque ? Eh bien, ça m'arrange. Elle consent d'une voix morne à me donner son adresse.

– Parfait. Je repasse chez moi prendre, euh… le truc, j'arrive dans une heure.

ÉNIGME 6

– OK. À tout à l'heure.

Je paye le garagiste avec les billets tout neufs de

ÉNIGME 6

Biffez dans la grille ces noms évoquant l'argent. Ils peuvent se lire dans n'importe quel sens, avec éventuellement un ou plusieurs coudes, mais jamais en diagonale. Remettez dans l'ordre les lettres non utilisées pour découvrir l'indice.

A	R	T	I	O	N	G	O	P	R	F	L	A	T
U	R	F	C	N	E	H	C	I	A	C	A	P	I
S	E	M	H	E	A	S	N	O	L	E	R	S	P
Q	S	I	T	R	A	I	L	I	L	B	T	E	E
U	I	E	L	Q	U	I	L	A	T	U	S	E	C
I	A	R	L	I	U	B	E	C	R	A	S	I	R
N	E	B	T	A	S	E	P	I	E	I	B	C	G
T	N	U	H	R	G	Z	U	O	F	L	E	I	E
I	B	F	E	R	A	Z	E	L	F	R	D	R	L
F	N	M	E	T	L	E	S	O	A	E	E	F	L
F	O	A	P	T	E	P	E	I	V	I	N	U	I
E	T	I	E	P	E	O	M	L	O	I	D	O	M
E	L	L	R	E	T	N	E	L	G	N	U	L	E
S	I	D	A	S	O	N	A	I	E	E	C	E	P

Liste des mots à biffer :

Artiche
Aubert
Avoine
Biffeton
Braise
Capital
Denier
Douille
Espèces
Ferraille
Flouze
Fraîche
Fric
Frusquin
Galette
Grisbi
Maille
Mitraille
Monnaie
Oseille
Pécule
Pépètes
Pèze
Picaillons
Pognon
Quibus
Radis
Thune
Trèfle

ÉNIGME 7

Observez les deux séries de lettres aussi dérangées que les affaires de la chambre de Frank.

La première est constituée de mots de trois à six lettres n'ayant aucun sens, collés les uns aux autres (les renvois à la ligne ont pu couper n'importe quel mot à n'importe quel endroit).

La seconde reprend les mêmes mots mais dans un ordre bouleversé. Six lettres ont été ajoutées dans cette seconde série, chacune séparant deux anciens mots. Trouvez l'ordre dans lequel remettre ces six lettres pour composer le mot-indice.

CLIXFLUMPOJILATURDECOJUFRULETUISTENMALOZXUNDJAPI
CNOPLESFAMLARDFEIPOBROPHIKANODMRAUIUCNODHYDNO
CHXOPIKUCOJAMILAZDJIPAIKI

FRURAUIUDFEIPOIKAFLUMIMLARDJIPAMILAZXOPLATUROM
ALOZCNOPNOCHIKIHYDPOJIIKUILETUIDJAPILESFATSTENXUN
CLIXBROPHMNODMDECOJUCNODECOJA

Bruno Lesage et je retourne à la maison. Compte tenu de l'heure à laquelle je vais me pointer chez Sandra, je me demande si je dois apporter des croissants ou l'apéro. Comme, de toute évidence, elle vient de se lever, des croissants seraient plus appropriés… Il y a une boutique de vins et spiritueux près de la boulangerie ; je me décide aussi pour une bouteille de notre vodka bison préférée. Plus qu'à me faire beau et sentir bon, et en route pour l'aventure !

UNE VISITE IMPROMPTUE

En arrivant chez moi, je me rends tout de suite compte que quelque chose ne va pas.

La porte de mon appartement est entrebâillée.

Je ferme toujours à clé, même si c'est juste pour descendre la poubelle. Je ne vis pas dans un quartier spécialement craignos, mais on ne sait jamais.

Je pousse prudemment le battant du bout du pied, prêt à bondir en arrière au moindre bruit. Il est assez vite coincé par quelque chose. M'aidant de l'épaule, je pousse un peu plus fort. C'est le petit meuble de l'entrée qui coince, celui où je pose mes clés, mon courrier, ce que j'ai dans les poches. Il gît en travers du couloir. Ses tiroirs ont été jetés au sol, leur contenu épars. La patère est renversée aussi, avec ses manteaux, vestes et impers étalés partout.

Évitant d'écraser les divers objets qui jonchent le sol, je poursuis vers le salon mon inspection effarée. On dirait qu'une tornade a tourbillonné dans la pièce, foutant tout en l'air. Les salauds, ils n'y sont pas allés de main morte ! Il n'y a plus rien qui tient debout. Ils se sont particulièrement acharnés sur mon bureau, dont le contenu est répandu partout.

J'inspecte les autres pièces : dans la chambre, l'armoire et la commode ont été vidées, tout est en vrac par terre et sur le lit ; la cuisine, bizarrement, n'a presque pas été touchée. Je retourne au salon, je fouille un peu parmi tout ce chaos, mais difficile de savoir ce qu'il vous manque quand tout est dérangé… Je me mets à flipper, car je devine qui a fait ça : les truands qui ont flingué Bruno Lesage la nuit dernière.

ÉNIGME 7

Comment ont-ils trouvé mon adresse ? Je ne crois pas qu'ils m'aient suivi hier soir, sinon ils me seraient tombés dessus immédiatement, pas le lendemain. Et comment ont-ils su que j'allais m'absenter ? Est-ce qu'ils me surveillent ? Espionnent-ils mon portable ? Si c'est le cas, bon sang,

Sandra est en danger aussi ! Il faut que je l'avertisse le plus vite possible – et pas par téléphone.

À propos de Sandra, ça me fait penser… Le sachet de coke. Je l'avais rangé dans un tiroir de mon bureau. À première vue, il a disparu. Pour moi ce n'est pas une grosse perte, mais Sandra va être déçue… Soudain, je réalise que mon ordi s'est également envolé. Re-merde… Mais pourquoi ? C'était un PC ordinaire, ni récent ni haut de gamme, on en trouve d'occase à cinquante euros. Quel intérêt ?

Le déclic s'opère soudain dans ma tête : la clé USB !

Yes ! C'est ça qu'ils voulaient ! Et je l'ai sur moi !

Peut-être que, ne l'ayant pas trouvée, ils attendent que je sois revenu pour… Eh bien, je n'escompte aucune pitié de ces gars-là, si vous voyez ce que je veux dire.

Au lieu de me faire beau pour ce rendez-vous que j'espérais galant (mais rien n'est perdu, après tout), je passe la demi-heure suivante à démonter la serrure de ma porte – qu'ils ont pétée proprement, ça m'apprendra à ne pas m'être équipé d'une serrure cinq points – et la remplacer par un verrou provisoire que j'ai heureusement en stock dans ma caisse à bricolage. Une demi-heure à trembler et sursauter au moindre bruit, à chaque mouvement d'ascenseur, tant je crains qu'ils reviennent à tout moment.

ÉNIGME 8

– Sitôt le verrou installé, j'attrape les croissants, la vodka et je détale. J'accomplis le trajet jusqu'à ma bagnole très furtivement, scrutant les alentours, me planquant derrière chaque pan de mur, chaque véhicule. Apparemment, ils n'ont pas l'air de m'attendre… Me surveillent-ils néanmoins ? Sont-ils planqués dans l'une de ces bagnoles, avec leurs flingues et une paire de jumelles ?

J'ouvre la portière, m'installe au volant, insère la clé, vais pour démarrer – j'ai un instant d'hésitation : et s'ils avaient piégé ma voiture ? Du calme, vieux. Ils n'auraient pas eu le

ÉNIGME 8

Parmi les douze clés, seules neuf peuvent s'insérer dans le mécanisme du verrou. À chaque empreinte correspond une et une seule clé, mais essayez bien tous les sens possibles. Trois clés sont donc inutiles. Lorsque vous aurez remis chaque clé à sa place, vous lirez circulairement l'indice.

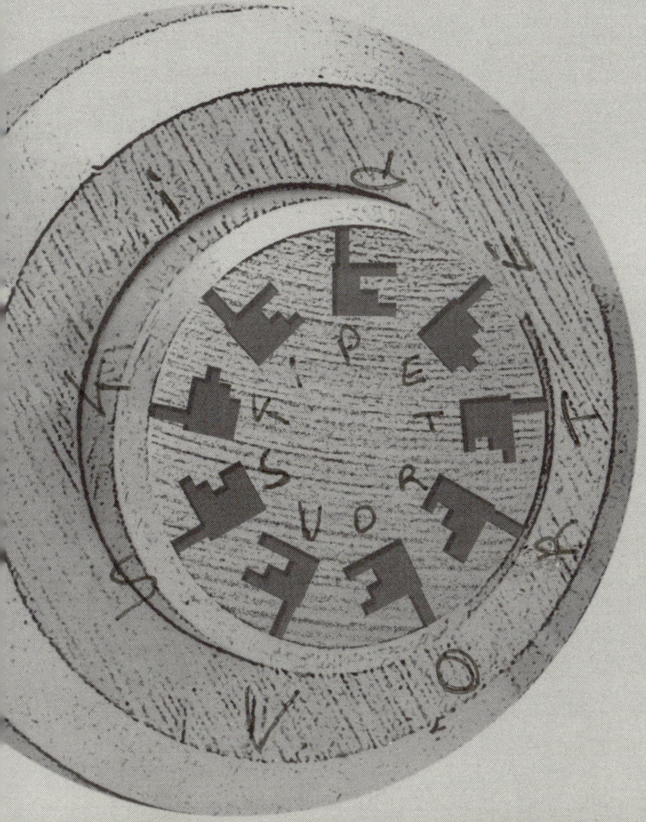

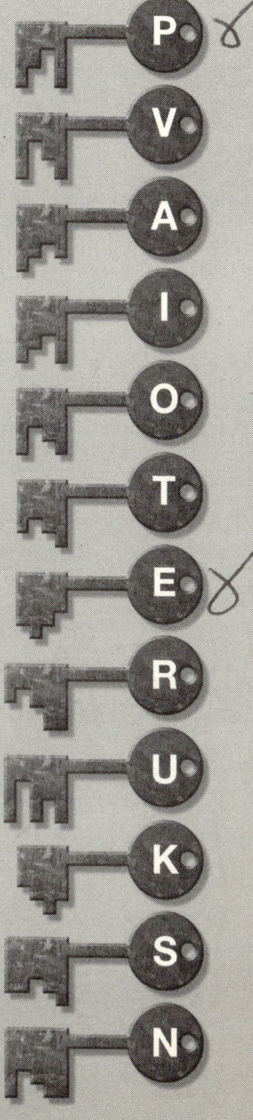

temps. On ne voit ça que dans les films. Et puis s'ils veulent récupérer la clé, ce ne serait pas malin… Mais ça me rend parano, toute cette histoire. Il y a de quoi, non ?

Je prends mon souffle et tourne la clé d'un coup sec. La voiture démarre. Ouf. Je m'extrais du parking et m'engage sur l'avenue, direction chez Sandra. Je garde un œil collé au rétroviseur, mais personne ne fait mine de me suivre.

UNE CLÉ BIEN VERROUILLÉE

Lorsque j'arrive chez Sandra, cette dernière m'accueille en peignoir : elle sort de la douche. Comme ça, toute fraîche et pas maquillée, je la trouve encore plus craquante, avec ses taches de rousseur et son air de fausse innocence un peu boudeur. Mais avec ce qui m'arrive, je n'ai plus vraiment la tête à la gaudriole. Je dois d'ailleurs avoir une tête bizarre, car Sandra la remarque : son demi-sourire de bienvenue se dissipe aussitôt.

– Quelque chose ne va pas, Frank ?

– Bah, quelques soucis… (Je lui présente mes deux sachets.) J'ai apporté des croissants et de la vodka. Je sais pas trop où t'en es…

Son sourire revient. Il me donne envie de l'embrasser.

– Plutôt croissants. Je vais refaire du café.

– Bonne idée. J'en ai bien besoin.

Je la suis à l'intérieur. C'est plutôt cosy chez elle, accueillant et chaleureux, conçu pour recevoir des messieurs et les mettre à l'aise : fauteuils et canapés profonds, tapis épais et tables basses, tentures et lourds rideaux aux fenêtres, bar bien garni, avec comptoir et hauts tabourets. La cuisine est américaine, ce qui fait qu'on ne se perd pas de vue tandis qu'elle s'affaire devant sa machine à expresso.

– Alors, qu'est-ce qui t'arrive ?

ÉNIGME 9

Remplissez la fleur en formant des mots à partir de ces séries de lettres. Écrivez toujours de l'extérieur de la rosace vers le centre, comme dans les exemples TABLE, BASSE et FLEUR. Attention aux anagrammes, il n'y a qu'une seule façon de compléter la grille en croisant les mots. Le mot qui s'inscrira à la place des *** sera votre indice.**

A. EETUV
B. EEHRS
C. AEMSS
D. AINPS
E. BEEOU
F. AENTV
G. EEFRT
H. ERSUV
I. CEEIP

J. CDLOO
K. AEFLN
L. BENRU
M. EGIRS
N. ABERR
O. AEIRV
P. ~~ABELT~~
Q. CIRSU
R. ILOSU

1. EILOV
2. EEHRU
3. EIMST
4. APRSU
5. ~~ABESS~~
6. EINOS
7. AEFNU
8. EERSV
9. EEEPT

10. CEITV
11. ~~EFLRU~~
12. BCLOS
13. ADEGR
14. * * * * *
15. AEINV
16. AERST
17. ACERR
18. BEILU

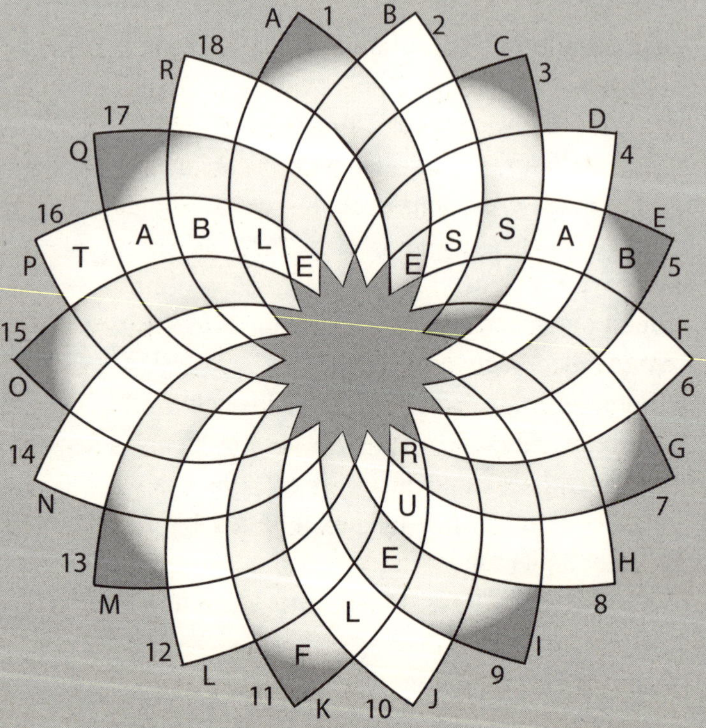

ÉNIGME 9

Je pose la bouteille et les croissants sur une table basse, puis me choisis un fauteuil en cuir.

– Je viens d'être cambriolé. Probablement par les tueurs qui nous ont poursuivis hier soir.

– Tu as une vie trépidante, Frank. C'est toujours comme ça ou seulement quand tu t'ennuies ?

Elle apporte deux tasses d'expresso sur un plateau qu'elle pose sur la table basse. En se baissant, son peignoir s'échancre, révélant une poitrine comme je n'en ai même pas rêvé quand j'étais en prison. Quand elle se redresse, je suis tout rouge et j'ai oublié sa question.

– Euh…, je marmonne piteusement.

Elle resserre son peignoir et me demande plutôt sèchement :

– Ne me dis pas qu'ils te l'ont volée aussi ?

– Ben si…

– Merde !

Sandra tape du pied sur le tapis, excédée. Elle n'en a rien à faire de mon casse : tout ce qui l'intéresse, c'est son sachet de coke.

– Tu es sûr ? insiste-t-elle. Tu as bien fouillé partout ?

– Pas trop, non. J'avais trop peur qu'ils reviennent me faire la peau. Et mourir pour un sachet de coke, non merci !

Elle écarquille ses grands yeux verts, brillants comme des joyaux.

– Un sachet de coke ? répète-t-elle, manifestement déconcertée.

– Ben oui, c'est bien ça que tu voulais, non ?

À ma grande surprise, elle éclate de rire.

– Oh Frank, c'est un affreux malentendu ! me lance-t-elle, quand elle peut de nouveau parler. Moi je te parlais d'une clé. Une clé USB que Bruno avait sur lui et devait me remettre.

– Ça ?

Je sors la clé de mon blazer et la pose sur la table basse. Sandra tape dans ses mains, attrape la clé, l'embrasse. Puis m'embrasse à mon tour, ce qui me laisse pantois.

– Merci, Frank, merci ! Je craignais tant qu'elle soit perdue… Bruno t'a aussi donné le mot de passe, je suppose ?

Je secoue la tête, affichant un air navré.

– Alors c'est comme si je n'avais rien, marmonne-t-elle.

J'ouvre le sachet de croissants, afin de me donner contenance et d'éviter de loucher vers la cuisse fuselée que j'entrevois entre les pans du peignoir.

Sandra soupire, puis se ressaisit. Elle extrait délicatement un croissant du sac et mord dedans tout aussi délicatement, le petit doigt levé. J'essaie d'en faire autant, mais j'ai l'air d'un singe.

– Bon, ce n'est pas grave. Raconte-moi ta vie trépidante. Alors comme ça, tu as des tueurs aux trousses ?

– Ouais… Il vaut mieux que je commence par le début. C'est-à-dire hier soir, au moment où nous nous sommes quittés.

Je lui raconte tout dans le détail, jusqu'au cambriolage. Elle m'écoute sans mot dire.

– J'ai deux ou trois questions, dit-elle quand j'en ai terminé. La première, c'est pourquoi n'as-tu pas appelé les flics ?

Aïe ! Dois-je lui avouer ma récente détention ? En expliquer les raisons, me disculper à nouveau ? Après tout, on se connaît à peine. Je préfère éluder :

– Euh… J'aime mieux les laisser en dehors de mes problèmes. Mais moi aussi j'ai des questions…

– La seconde, me coupe Sandra, c'est la raison pour laquelle tu as fouillé le corps de Bruno. Qu'est-ce que tu espérais y trouver ?

– Rien de particulier. Je voulais juste savoir un peu qui il était. Après tout, j'avais risqué ma peau pour lui, même si ça n'avait pas sauvé la sienne… Et puis quand je suis dans une galère qui me dépasse, j'essaie de comprendre. Cette clé USB, par exemple. J'ai voulu voir ce qu'il y avait dedans. Malheureusement j'ai buté sur ce satané mot de passe. Tu n'aurais pas une idée, par hasard ? Toi qui as l'air de bien le connaître, ce Bruno…

ÉNIGME 10

ÉNIGME 10

Quel meilleur véhicule du hasard que le dé ?
En choisissant une lettre parmi les trois sur chacun des cubes, formez un mot de sept lettres.

Elle attrape la clé, la tripote entre ses doigts fins et déliés, en ôte le capuchon, la considère comme si elle allait se mettre à parler, lui révéler ses secrets.

– Il peut y en avoir trente-six mille… (Un trait d'agacement traverse son visage.) Ah, zut ! Comment faire ?

Je saute sur l'occasion :

– Je m'y connais un peu en informatique. On peut essayer de le craquer, en passant par le BIOS, une backdoor ou un truc comme ça…

Elle a une expression genre « de quoi parles-tu ? ». Moi-même je n'en sais trop rien, à vrai dire. Ma science en informatique est à peine supérieure à celle de tout un chacun ; pour moi, un ordinateur est surtout un outil de travail, pas une machine à percer les codes et mots de passe. Mais j'espère rester un peu plus longtemps avec Sandra, percer plutôt ses secrets à elle que ceux de cette fichue mémoire en plastique.

Elle soupire, puis se lève.

– Mon ordi est dans ma chambre.

Je dois mal dissimuler ma joie, car elle me lance un regard assez froid pour geler toutes mes espérances. Je la suis dans sa chambre, un vrai nid d'amour : lit à baldaquin jonché de coussins sur lequel on pourrait s'ébattre à dix. L'ordi trône sur un petit secrétaire, et il est pourvu d'une webcam. Sandra s'adonnerait-elle à l'effeuillage sur Internet à ses moments perdus, ou pour arrondir ses fins de mois ?

Elle allume son ordi, y insère la clé, m'invite à m'asseoir. À moi de lui montrer mes talents de hacker. Pendant que je bidouille, elle reste debout dans mon dos à regarder, inconsciente (ou très consciente au contraire ?) du fait que je m'enivre de son parfum et que je sens la chaleur de son corps tout près de ma nuque… Du coup j'ai du mal à me concentrer et je n'arrive pas à grand-chose. Dépité, je m'assois plus profondément dans le fauteuil… Mais Sandra s'est reculée, hors de portée.

– Je n'arrive à rien, Sandra. C'est vraiment important, ce qu'il y a dans cette clé ?

– C'est très important. Pour moi en tout cas. Tu es sûr que Bruno ne t'a rien dit ? Essaie de te rappeler chaque mot qu'il a prononcé.

– À part « démarre », « fonce » et « bordel », non, je ne vois pas... Et j'ai aussi testé ces mots-là, ça ne donne rien.

Évoquer Bruno me rappelle que je ne l'ai pas très bien dissimulé la nuit dernière, et que je m'étais promis d'y retourner pour achever le boulot. Je me tourne vers Sandra, m'efforçant d'avoir l'air plein d'espoir.

– Je l'ai fouillé assez sommairement, tu sais. Il faisait noir et je n'y voyais rien. Peut-être qu'il l'avait sur lui et que ça m'a échappé.

Elle hausse les épaules, affichant son adorable moue boudeuse.

– Ça m'étonnerait de la part de Bruno.

– Qu'est-ce qu'il y a dans cette clé, au juste ? Si tu me fournissais, ne serait-ce qu'un indice, ça pourrait m'aider...

– Désolée, c'est personnel.

C'est dit sur un ton ne souffrant pas de réplique. Bon, j'aurai quand même essayé... Je me lève en ayant conscience que l'instant magique touche à sa fin, que je n'aurai peut-être plus jamais d'autre occasion de rouler avec Sandra sur ce vaste lit plein de promesses.

Elle me pousse gentiment dehors. Je danse d'un pied sur l'autre dans le salon, ne parvenant pas à enfiler mon blazer et la quitter.

– Je te rappelle si j'ai du nouveau...

– Moi aussi. (Elle sourit en s'approchant de moi, soudain tout palpitant.) Merci, Frank, pour tout ce que tu as fait pour moi... Tu n'étais pas obligé.

– C'est... bien naturel...

Elle m'embrasse de nouveau. Bon, ce n'est pas trop débordant de fougue, juste un chaste petit baiser déposé sur le coin de mes lèvres. Mais après plus de trois ans d'abstinence, ça m'électrise quelque peu. Je saisis vite ma veste, pour éviter de faire une bêtise.

– Si je parviens à résoudre cette affaire, on fêtera ça avec ta bouteille, me promet-elle.

– Avec joie, Sandra. On reste en contact, de toute manière.

Sur le seuil de son appartement, je lui souffle un baiser au bout de mes doigts tendus, elle m'adresse un petit signe de la main, et sa porte se referme sur mes rêves amoureux. J'emprunte l'ascenseur le cœur gros. Il faut tirer du positif de toute chose, c'est ce que je me répétais pour supporter ma vie carcérale. En l'occurrence, je songe que ma visite à Bruno peut me donner l'occasion de rappeler rapidement Sandra, si je découvre du nouveau… C'est ce qui me décide, finalement.

***

Je rejoins l'endroit où j'ai laissé le cadavre en passant par les collines et en traversant le bois, afin d'éviter la ferme qu'on a réveillée dans la nuit, mes poursuivants et moi. Je n'ai guère envie de me confronter à son propriétaire, si c'est bien lui que j'ai entendu tirer un coup de fusil hier soir.

Je quitte donc la sinueuse petite route communale pour m'engager dans le chemin boueux et défoncé qui, passé la forêt, rejoint la ferme, et d'où part cette allée forestière près de laquelle gît le cadavre de Lesage. Comme il a plu ce matin, c'est encore plus glissant et détrempé que la dernière fois. Je crapahute en première dans les flaques et les ornières, me demandant comment j'ai fait pour ne pas bousiller ma voiture en fonçant pied au plancher dans ce bourbier en pleine nuit, et sans phares qui plus est…

Une mauvaise surprise m'attend devant l'allée forestière. Une surprise à quatre roues, coiffée d'un gyrophare et portant le mot « police » sur le capot. Un ruban en plastique rouge et blanc barre l'entrée du chemin. J'ai envie de passer sans m'arrêter, genre badaud en rien concerné, mais une paire de flics descend de la bagnole et me barre la route. Je stoppe et baisse ma vitre en m'efforçant de faire bonne figure, tandis que l'un d'eux vient de mon côté.

– Vous allez où comme ça ? me demande-t-il, méfiant.

– Eh bien… à la ferme en bas, chercher des œufs. Qu'est-ce qui se passe, monsieur l'agent ? J'ai commis une infraction ?

J'ai attaché ma ceinture, mais j'espère qu'ils ne vont pas inspecter ma voiture de trop près, m'interroger sur mon rétro cassé (ils n'en avaient pas au garage, j'ai dû le commander) et remarquer mes savantes retouches destinées à maquiller les impacts de balles.

– Vous avez une pièce d'identité ?

Je lui donne ma carte, qu'il s'en va vérifier dans sa voiture. Pendant ce temps son collègue s'est approché pour me surveiller. Il détaille ma caisse d'un regard professionnel. Forcément, il va remarquer les retouches… J'essaie de détourner son attention :

– Qu'est-ce qu'il se passe, monsieur l'agent ? Vous recherchez des braconniers ?

Le flic ne répond pas, se penche sur le moignon de mon rétro.

– Qu'est-ce qui est arrivé à votre rétroviseur ?

– Oh, ça ? C'est… un abruti qui m'a serré de trop près en me croisant. Les routes sont étroites par ici, et ces paysans avec leurs gros tracteurs, ils croient qu'elles leur appartiennent…

– Il faudra le remplacer. C'est illégal de rouler comme ça.

– Je sais. Je m'en occupe dès mon retour, promis.

ÉNIGME 11

L'autre agent revient sur ces entrefaites, tenant toujours ma carte d'identité. Il n'a pas dégainé son flingue ni décroché ses menottes, j'ai donc un espoir.

– Vous êtes un repris de justice, m'annonce-t-il, comme si je l'ignorais.

– J'ai purgé ma peine, monsieur l'agent. Je souhaite maintenant mener une vie tranquille et rangée, et je ne veux surtout pas être mêlé à vos affaires. Je repasserai plus tard, pour les œufs.

– Vous n'êtes ni recherché ni poursuivi, toutefois votre statut de mis à l'épreuve m'oblige à signaler votre passage à proximité du lieu d'un crime.

Il me rend ma carte. Ouf ! J'affiche un air étonné :

– Ah bon, il y a eu un crime ?

Pas de réponse, évidemment. Son collège reprend :

– Ce chemin vicinal va sûrement être interdit d'accès, aux fins d'enquête. Si vous voulez vous rendre à la ferme, faites le tour par en bas.

– D'accord. Bonne journée et… bonne enquête !

Je démarre en serrant les fesses, craignant qu'il me rappelle, mais non : tous deux me regardent m'éloigner en cahotant dans les ornières et les nids-de-poule. Je réalise alors que s'ils ferment ce chemin « aux fins d'enquête », ça va être évidemment pour analyser les traces de pneus. Et là, je leur en laisse de toutes fraîches et bien nettes. J'espère que la pluie aura dilué celles de la nuit dernière, mais rien n'est moins sûr. Si les experts de la police scientifique sont aussi efficaces en réalité que ceux qu'on voit dans les films, ils vont vite découvrir que je suis passé plusieurs fois par ici… s'ils n'en déduisent pas la marque, la couleur et l'année de construction de ma bagnole !

Je serre de nouveau les fesses en longeant la ferme. Une autre voiture de police est garée près de l'entrée, mais personne n'en descend pour m'arrêter cette fois. De toute façon, je réalise que

ÉNIGME 11

Les nombres devant les définitions indiquent les cases de début et de fin du mot cherché. Après avoir rempli la grille, reportez en dessous les lettres trouvées dans les cases identiques pour former le mot-indice.

1-4. Il a la carte d'identité de Frank.
2-7. Fourrure de charme que ne porterait pas Sandra !
6-12. Proposition en espèces sonnantes formulée à Drouot.
11-15. Celui de la voiture de Frank intrigue l'un des agents.
13-20. Type de climat où il fait bon vivre.
18-24. Diamètre du canon d'une arme à feu.
22-27. Animal dont la ferme proche fait peut-être un fromage.
25-29. Bovin dont le nom est souvent accolé à la vodka.
27-31. Le rêve, quoi !
30-34. Vieux cachot.

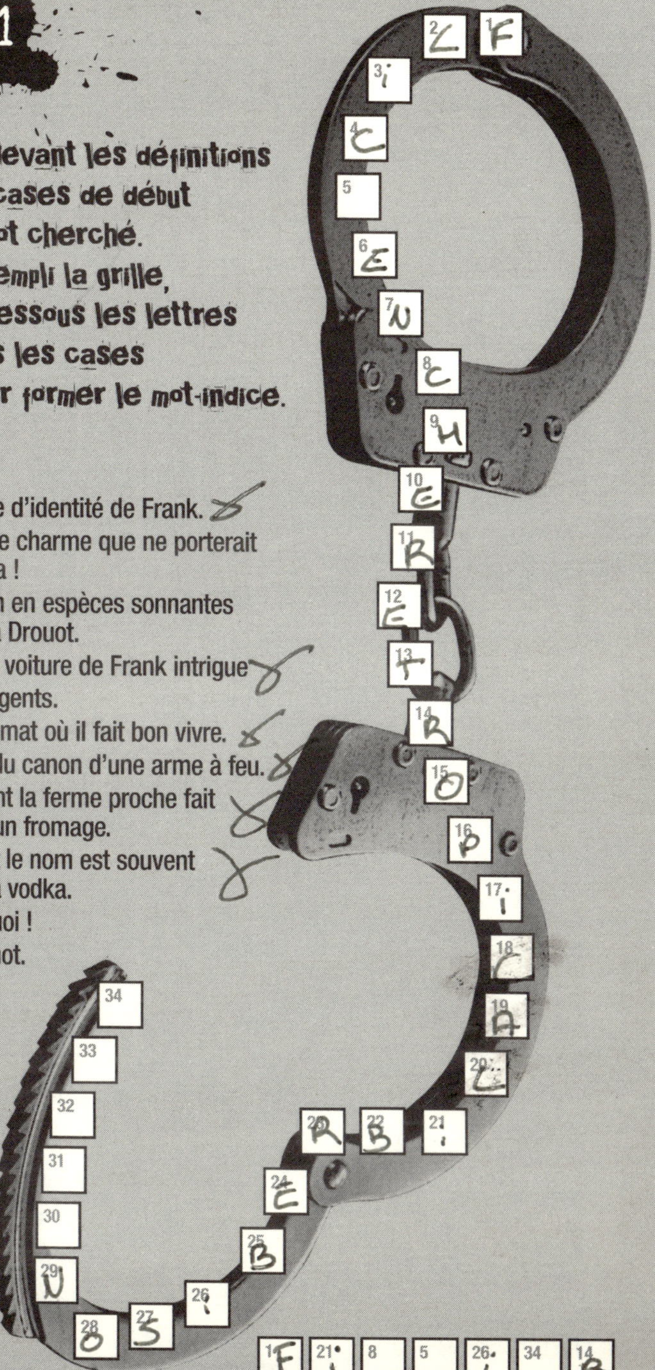

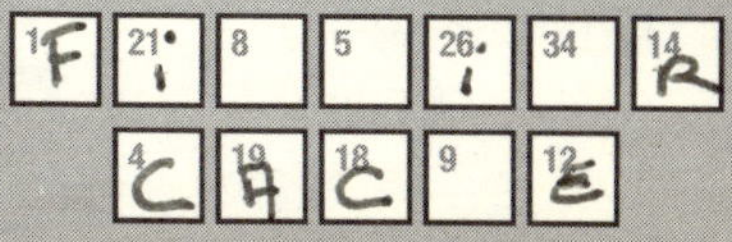

je suis coincé, déjà virtuellement recherché : car, outre les traces de pneus, il y a les empreintes que j'ai forcément laissées sur les vêtements du cadavre. Là aussi, je ne peux guère compter sur la pluie pour les avoir effacées… Et comme mon passage près de la scène du crime a été dûment notifié par les deux factionnaires, c'est clair que je vais être de suite étiqueté suspect numéro un. Repris de justice en plus ! Même si je ne connais ce Bruno Lesage ni d'Ève ni d'Adam, ils peuvent m'inventer un tas de raisons de le descendre…

J'ai un court, très court répit avant que les flics ne se lancent sur ma piste. Juste le temps de prendre quelques affaires et me tirer vite fait. Pas question que j'utilise ma voiture, déjà repérée par les tueurs, et maintenant par les flics. Et pour aller où ? Bonne question, merci de l'avoir posée. Oui, Sandra peut le dire, j'ai une vie bien trépidante… Finalement, depuis que je l'ai rencontrée, tout va de travers. J'ai soudain envie d'une bière, de pantoufles et d'un bon gros fauteuil devant la télé. J'ai comme l'impression que ce plaisir pépère ne me sera pas accordé avant longtemps.

De retour chez moi, je me gare en vrac dans le parking (assez désert l'après-midi, tout le monde est au boulot), fonce dans l'entrée, attends l'ascenseur en trépignant, et comme il ne vient pas, je m'élance dans l'escalier. Grimper les quatre étages à fond de train me permet d'évacuer mon adrénaline, et c'est essoufflé mais un peu plus calme que je pousse enfin la porte antifeu de mon palier.

Je découvre, en passant devant, que l'ascenseur est bloqué justement à mon étage. Quelqu'un en a coincé la porte avec… un pied-de-biche.

Mon cœur descend dans mes talons. Je scrute l'entrée de mon appart, là-bas au fond du couloir.

Elle est entrouverte. Et j'entends du bruit à l'intérieur. Ils sont là.

LA MORT AUX TROUSSES

– Fait chier le boss. Comment veux-tu qu'on retrouve une clé USB dans un bordel pareil ?

– Vous n'aviez qu'à pas tout foutre en l'air ce matin.

– On n'avait pas trop le temps de fouiller proprement, je te rappelle !

– De toute façon, je suis sûr que ce mec l'a sur lui. Ou qu'il l'a déjà donnée à la nana.

– C'est plutôt elle qu'on devrait aller voir…

Plaqué contre le mur du couloir, j'écoute, effaré, cette conversation qui provient de mon propre salon, ponctuée de froissements, cliquetis et bruits divers d'objets déplacés, poussés du pied, jetés au sol. Ils sont revenus, ces salauds, ils ont osé revenir ! Je devrais trembler de trouille et prendre mes jambes à mon cou, mais, à ma grande surprise, c'est la colère qui l'emporte sur la peur. J'aurais dû garder le flingue de Bruno, il m'aurait été précieux à cet instant. Oui… sauf que j'ai affaire à des pros. Ils sont au moins trois, à les entendre. Très certainement armés. Et ils n'hésiteront pas à tirer, contrairement à moi qui n'ai jamais tenu un pistolet de ma vie. Laisse tomber, Frank. Sauve-toi tant que tu le peux encore.

Me contraignant à un silence absolu, je commence à battre en retraite vers l'escalier, quand soudain surgit la Catastrophe.

La Catastrophe habite à mon étage, j'ai donc le malheur de

la subir plus souvent que les autres résidents de l'immeuble. Elle n'a pas d'âge – les plus anciens l'ont toujours vue ici –, elle paraît éternelle. Bien qu'affublée d'épaisses lunettes, elle ne voit pas plus loin que le bout de son nez. Elle est attifée de bric et de broc et transporte toujours plein de sacs qu'elle perd et fait tomber sans cesse. Si vous la croisez, elle requiert votre aide immédiate pour qui sait combien de temps car, après avoir ramassé ses affaires, il faut les transporter d'un point A à un point B, où là elle a égaré ses clés qu'il faut lui retrouver, ou elle se rappelle tout à coup qu'il fallait en laisser une partie à un point C qui se trouve à l'opposé du point B. Après quoi il faut l'aider à attraper un truc sur l'étagère du haut, changer l'ampoule de son entrée, déboucher son évier, lui écrire une lettre, etc., tout en vérifiant qu'elle n'a pas laissé le gaz ouvert, son fer à repasser allumé ou sa baignoire déborder. Il arrive aussi qu'elle vous réveille en pleine nuit parce qu'elle a mis le feu à son lit (elle fume comme un pompier) ou entend le fantôme de son fils au téléphone. Bref, c'est une pauvre femme, sans doute atteinte d'Alzheimer, qui aurait besoin d'une assistance permanente, un manque que son voisinage essaie de pallier, mais à contrecœur et en tentant le plus souvent de s'esquiver.

L'ascenseur étant bloqué, la Catastrophe est montée par l'escalier, chargée comme d'habitude d'un barda de n'importe quoi.

– Ah, monsieur Palomo, vous tombez bien ! Voulez-vous m'aider… teuheu teuheu… à ramasser mon sac, il est tombé plus bas…

Silence de mort dans mon appart. Ils l'ont entendue, évidemment. Je me rue dans l'escalier, la bousculant au passage (désolé), ce qui fait qu'elle sème sur le palier le reste de ses affaires. Dans mon dos résonnent des jurons, les cris d'effroi de la Catastrophe, le bruit d'une balle qui frôle mon oreille. Je vole au-dessus des marches, me cramponnant à la rampe dans les virages. Déboulant

ÉNIGME 12

ÉNIGME 12

Voici 18 balles. Elles forment, remises dans le bon ordre, une phrase de 54 caractères, espaces et point final compris. Trouvez le bon agencement permettant de formuler une énigme, à laquelle vous n'aurez plus qu'à répondre pour obtenir le mot-indice.

en trombe dans le hall d'entrée, étourdi par cette descente tout schuss, je fonce en direction du parking et de ma bagnole – me ravise aussitôt : c'est sûrement ce à quoi ils s'attendent. Demi-tour à fond les ballons vers la porte opposée, qui donne sur un jardin privatif avec des jeux d'enfants, servant surtout de cani-sette géante pour les chiens de la résidence. Un mur sépare ce jardin d'arrière-cours de commerces qui bordent une autre rue. Au pied de ce mur court une haie de machins résineux qui se taillent au carré, mais là ce n'est pas le cas. Ils m'empêchent de prendre mon élan, aussi j'ai un peu de mal à escalader le mur. Une balle miaule à mes côtés, un éclat de béton m'entaille la pommette. Ils m'ont repéré ! La panique me donne des ailes, je franchis le mur aussi lestement qu'un chimpanzé, retombe de l'autre côté parmi un fatras de fûts de bière, caisses de bouteilles vides, tables et chaises en plastique et parasols pliés : l'arrière d'un bistrot. Une seconde balle me frôle l'oreille – à la brûler – tandis que je fonce vers la porte du bar. Heureusement, celle-ci est ouverte, car les toilettes sont dans la cour. Dans le couloir menant à la salle, je m'arrête le temps de reprendre mon souffle, en me disant qu'ils n'oseront quand même pas me tirer dessus au milieu de la clientèle…

En fait de clientèle, il n'y a en tout et pour tout que deux vieux dodelinant à une table devant leur ballon de rouge. Le patron est en train de buller derrière le comptoir, coulant un œil vague en direction de la télé accrochée au mur. C'est un petit bistrot de quartier, hors d'âge et hors mode, dans lequel je n'ai jamais mis les pieds. Le patron m'apostrophe :

– Hé ! Vous sortez d'où, vous ? Savez pas lire ?

Il me désigne l'écriteau défraîchi placardé au mur, sous la flèche indiquant « WC » : *Les toilètes sont réservé au cliants.*

– Désolé, patron, mais je suis pressé, là…

– Pressé ou pas, si on pisse, on consomme. Qu'est-ce que je vous sers ? demande-t-il en posant la main sur la pompe à bière.

Je ne peux lui répondre, car j'entends la porte du fond qui s'ouvre et je détale aussitôt dehors. J'imagine la tronche des deux vieux en voyant trois gangsters traverser leur bistrot flingues en main… S'ils n'en font pas une crise cardiaque, ça leur donnera de quoi bavarder jusqu'à l'année prochaine.

Je déboule dans une rue piétonne relativement fréquentée. Je zigzague parmi les passants pour m'engouffrer sous un porche qui mène à une cour au fond de laquelle sont installées une crêperie et une agence immobilière. Je connais la crêperie, pour y être souvent allé dîner avant ma détention : j'y mangeais bien pour pas cher et j'ai même un peu flirté avec la patronne, une authentique Bretonne prénommée Soizig. Là, pas de bol, je me casse les dents sur la porte close. Évidemment, on est en plein après-midi…

Des pas retentissent sur les pavés du porche, des ombres s'étirent dans la cour. Bon sang, ils sont plus tenaces que des fox-terriers ! Cette fois je suis vraiment coincé : la cour n'a pas d'issue. Je me planque derrière la rangée de bacs à plantes vertes qui délimite la terrasse du restaurant. C'est chaud, très chaud. À moins d'un miracle, je ne vois pas comment leur échapper cette fois…

Et le miracle survient.

Sinon, je ne serais pas là pour le raconter.

Je mate les trois types à travers les feuilles, qui ont bien l'air de ce qu'ils sont, avec leurs costards sombres, leurs lunettes noires et leurs gros pistolets. Ils se sont déployés en arc de cercle et convergent inexorablement vers la crêperie, seul endroit de ce foutu cul-de-sac susceptible d'offrir une planque.

Je capte au loin – mais s'approchant rapidement – la sirène d'une voiture de police. Jamais ce bruit ne m'a paru si doux ! Quelqu'un (le patron du bistrot ?) a dû s'émouvoir de voir trois mecs en noir se balader flingue en main dans la rue et appeler les flics…

ÉNIGME 13

Les nombres devant les définitions indiquent les cases de début et de fin du mot cherché. Après avoir rempli la grille, reportez les lettres trouvées dans les cases équivalentes pour former le mot-indice.

1-7. Tue comme les Tontons de Georges Lautner.
5-9. Peu rimant avec misère.
8-15. Une arme à barillet inventée par Samuel Colt.
13-18. Comme un procès dressé par un agent de police.
16-20. Projectile de calibre inférieur à 20 mm lancé par une arme à feu.
19-26. Qualifie une défense permettant de tuer pour répondre à une agression.
25-31. Homicide volontaire sans préméditation.
30-37. Remet des munitions dans son arme.
36-42. Police d'État du Reich condamnée à Nuremberg.
39-44. Frappons pour faire avouer.

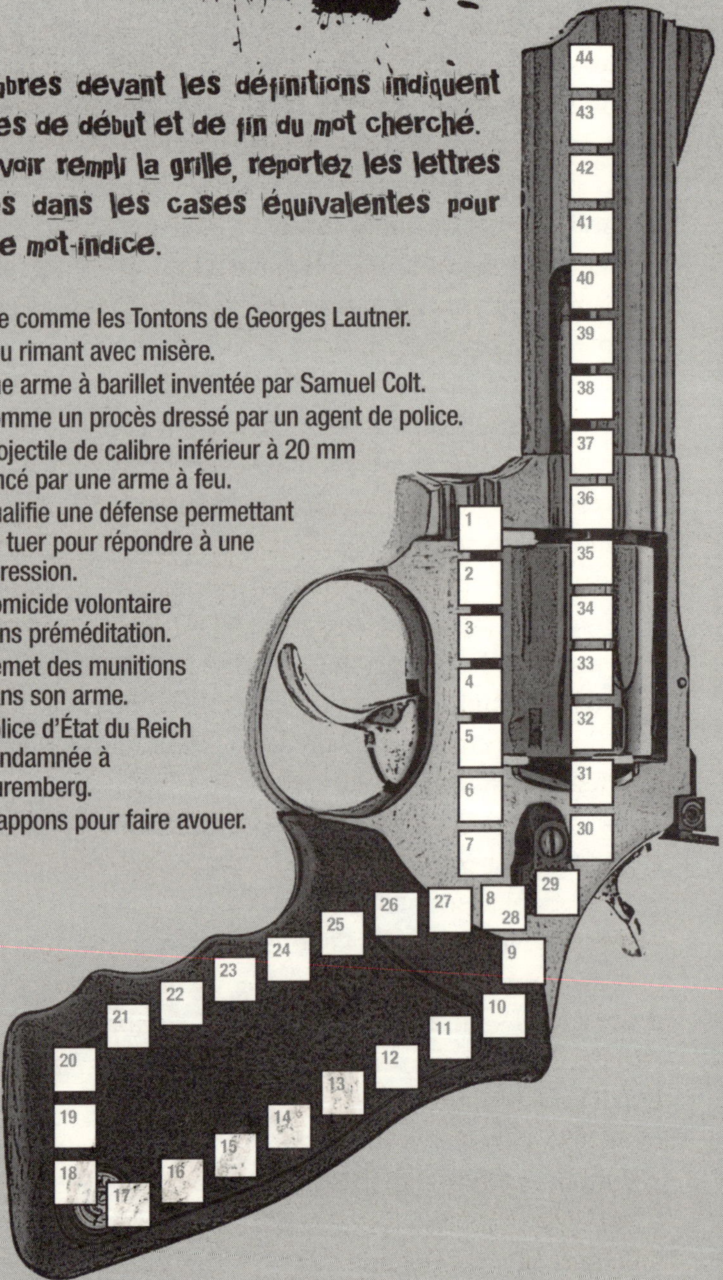

32	11	25	41	29	14	38		42	1	1	44	33	11	15	9

Mes trois gusses hésitent, supputant apparemment leurs chances de m'abattre et de se calter avant que les flics débarquent. L'un d'eux se tourne vers l'agence immobilière – où l'on a forcément remarqué leur présence – puis adresse à ses complices un geste dépité. Ils tournent les talons et repassent le porche, rengainant leur flingue sous leur veston.

ÉNIGME 13

Je m'affale contre le bac à fleurs en poussant un énorme soupir de soulagement. Merci la police ! La sirène est toute proche maintenant, ils ont dû ouvrir la rue piétonne. Pourvu qu'ils les chopent !

Ça me rappelle que je ne suis pas tiré d'affaire pour autant : peut-être que mon signalement est déjà diffusé. S'ils me tombent dessus, ils seront trop contents d'avoir un suspect dans leur filet, même si ce n'est pas le bon. Mais au moins je ne risque plus ma vie. Enfin, plus trop.

Je me relève, m'époussette, essuie du mieux que je peux la coupure de ma pommette, et me dirige d'un pas qui se veut naturel vers l'agence immobilière. À l'intérieur, on dirait un poulailler affolé par un renard : ça jacasse et s'agite en tous sens – ils ont sûrement cru qu'ils allaient se faire braquer. Mon arrivée jette un froid : tout le monde se fige, les yeux ronds – puis se détend et tente d'adopter une attitude normale, en voyant que je ne porte ni costume sombre, ni lunettes noires, ni gros pistolet.

– Bonjour monsieur… vous désirez ? s'enquiert l'hôtesse d'accueil en s'efforçant d'afficher un sourire professionnel.

– On dirait qu'il y a du grabuge là-dehors, dis-je en tendant le pouce derrière moi.

– Oh là là, m'en parlez pas ! Juste avant que vous arriviez, il y avait trois types armés dans la cour…

– Heureusement qu'on a averti la police ! ajoute une de ses collègues, tout émoustillée derrière son bureau.

– Vous ne les avez pas croisés ? me demande un homme qui se lève et vient vers moi, sans doute le chef de l'agence.

– J'ai vu courir des gens en effet… Je n'y ai guère prêté attention.

– Ne croyez pas qu'un tel… événement soit fréquent dans le quartier, monsieur, me rassure le type d'une voix onctueuse. C'est même la première fois que ça arrive. C'est un quartier très tranquille, pourvu de toutes les commodités, à deux pas du centre-ville et desservi par…

– Je vous crois, monsieur, car j'y habite. Je viens vous voir parce que justement, je veux déménager et désire louer mon appartement.

– Ah, mais c'est complètement différent ! Venez par ici, cher monsieur.

Il m'entraîne à son bureau au fond de l'agence, où les filles encore toutes fébriles ont du mal à revenir à leur routine de travail. J'improvise totalement – mais, après tout, je suis propriétaire de mon appartement – juste pour avoir l'air occupé si les flics viennent faire un tour par ici…

Ils se pointent au moment où on en est à estimer les revenus que je pourrais tirer de « mon bien » en fonction de sa surface et de son emplacement. Le chef de l'agence se lève aussitôt pour les accueillir. Leur tournant le dos, je fais mine d'être plongé dans l'étude de mon dossier.

– Excusez-moi, messieurs, je suis avec un client, mais si ce n'est pas trop long, je peux…

– Ne vous dérangez pas, le coupe le flic. Nous avons juste un témoignage à recueillir, vos collègues sauront bien nous répondre…

– Oui, on a vu les bandits ! s'écrie l'hôtesse d'accueil, de nouveau tout excitée.

Tandis que le chef de l'agence se rassoit et reprend son estimation – très au-dessus de la réalité, je peux le dire, ce n'est pas un audit comme moi qu'on va abuser en gonflant les chiffres – je tends l'oreille vers ce qui se dit à côté. Les employées se disputent pour apporter aux flics le plus de précisions possibles. Je déduis de leurs explications plutôt confuses qu'elles ne m'ont pas vu pénétrer dans la cour et m'y cacher, c'est déjà ça. Mais elles avancent que les malfrats devaient chercher quelqu'un, car la crêperie est fermée et qu'est-ce qu'on peut voler dans une agence immobilière, hein monsieur l'inspecteur ?

Les flics consignent leurs témoignages, les saluent cordialement, adressent un signe de tête à leur chef et s'en vont. Ouf…

– … Il en résulte que vous pourrez tirer au moins sept cents euros de revenu par mois de votre bien, toutes taxes et charges déduites, ce qui est plutôt un bon rapport, n'est-ce pas ?... Monsieur ? Vous m'écoutez ?

– Oui ? Euh… sept cents euros, vous dites ? Ah, j'espérais davantage. Je vais y réfléchir.

– C'est une estimation basse, bien sûr. Il me faudrait visiter l'appartement pour vous donner un chiffre plus précis… Pouvons-nous convenir d'un rendez-vous ?

Nous convenons pour je ne sais quel jour et je m'en fous, car je ne serai plus là. Où serai-je, par contre, ça, je n'en ai pas la moindre idée. Après trois ans de prison, on n'a plus beaucoup d'amis… c'est triste, mais c'est comme ça. Et maintenant que je suis à nouveau embarqué dans une histoire tordue et recherché par les flics, ça ne va pas s'arranger. Je ne vois qu'une personne qui semble trouver un côté fun à ma vie trépidante…

Sandra.

***

– Sandra ? C'est Frank.

– Tu appelles d'où, Frank ? Je ne reconnais pas ton numéro.

– D'une cabine publique. (Je préfère, au cas où mon portable serait sur écoute.) Je peux passer chez toi, maintenant ?

– Eh bien… oui, je suppose… Je n'ai pas de rendez-vous pour le moment. Tu as du nouveau ?

– Oui, et c'est du lourd. Je t'expliquerai. J'arrive.

ÉNIGME 14

Je coupe, empoigne ma valise, sors de la cabine et pars en quête d'un bus. J'ai laissé au parking ma voiture devenue trop repérable, et reposé tant bien que mal le verrou à la porte d'entrée fort abîmée de mon logement. Oui, j'y suis retourné, convaincu que les mafiosi n'allaient pas revenir une troisième fois, tremblant malgré tout dans mon froc. Après avoir fourré vite fait le minimum vital dans une valise, j'ai quand même pris le temps de vérifier, dans le bordel sans nom qu'est devenu mon salon, s'il ne traînait pas d'objets appartenant à Bruno Lesage, au cas où les flics viendraient perquisitionner. Je suis tombé sur ses clés de voiture et surtout sur son portable : voilà un appareil bourré d'indices sur lesquels Sandra va m'éclairer…

Heureux de quitter cet appart désormais dangereux, j'ai eu néanmoins un pincement au cœur en me demandant quand j'y reviendrais… si j'y reviens. Si les truands ne finissent pas par m'abattre, ou les flics par me choper. Voilà où ça mène, de prendre un autostoppeur à une sortie de boîte. Mais avais-je le choix ?... Je me promets que si je m'en sors, je laisserai tomber l'audit et la compta pour devenir boulanger. Ou serrurier, tiens, je commence à acquérir de l'expérience. Enfin, n'importe quoi qui n'entraîne aucun risque de dérapage ni de magouille.

Le bus se traîne d'un arrêt à l'autre, j'ai l'impression que je n'arriverai jamais à temps. Un film noir se déroule dans ma tête : j'imagine Sandra violée, massacrée, son nid d'amour dévasté par ces tueurs sans pitié… Car ils ont bien dit qu'ils la connaissaient, non ? Ils n'auront sans doute aucun mal à découvrir son adresse. Ils paraissent prêts à tout pour récupérer cette clé USB, dont le contenu doit beaucoup intéresser leur patron... Sandra doit m'en dire davantage à ce sujet. Là ce n'est plus du fun : l'enjeu est devenu vital – pour elle et pour moi.

ÉNIGME 14

En enlevant une lettre parmi les six lettres de chacun des mots, vous donnez naissance à un nouveau mot qui n'en fait plus que cinq. Par exemple, si le mot de départ est GRADIN, vous avez le choix de couper soit le G (radin), soit le R (gadin), soit le D (grain), mais pas les trois autres, car les mots formés n'auraient aucun sens (grdin, gradn, gradi).

Notez donc face à chaque mot les lettres « coupables » potentielles. Choisissez ensuite celles qui, prises sur chacune des huit lignes, formeront verticalement, de haut en bas, le mot-indice cherché.

						Lettres coupables	Mot-indice
P	A	C	T	E	S	PC	
B	R	A	I	S	E	RA	
O	R	A	G	E	S	AO	
P	L	A	I	N	T	iN	
S	A	O	U	L	E	A	
A	I	G	R	E	S	G	
S	A	I	N	T	E		
M	A	R	T	I	N		

Enfin parvenu au but, je sonne à l'interphone de sa résidence, d'un luxe un peu tapageur à mon goût. Au bout d'un assez long moment d'angoisse, elle me répond. Ouf, ils ne sont pas encore venus.

Sandra m'accueille avec son demi-sourire et son air boudeur – j'allais dire habituels, alors qu'on ne se connaît que depuis hier soir… Impossible de lire sur son visage si elle est enchantée ou non de me revoir si tôt. Puis son regard tombe sur ma valise et ses yeux s'écarquillent.

– Tu comptes t'installer ici ?

– Non… enfin, pas exactement. Je peux me poser cinq minutes et t'expliquer tranquillement ? Ma vie continue d'être trépidante, et j'ai besoin…

– Tu es blessé ?

– Hein ?

– Ta joue, là.

Elle tend une main hésitante vers ma pommette, qu'elle effleure à peine. Son attouchement me procure quand même un frisson et du coup réveille la douleur que j'avais oubliée dans le feu de l'action.

– Oh, ça, ce n'est rien. Juste une balle qui m'a frôlé.

– Une balle ? De pistolet, tu veux dire ?

– Oui, pas de ping-pong. Je sais que ce n'est pas encore l'heure, mais cette vodka que j'ai apportée ce midi… je peux en avoir une goutte ? J'ai vraiment besoin d'un remontant.

Laissant ma valise dans l'entrée, je vais au salon m'étendre dans un fauteuil. Elle sort la vodka du frigo du bar et m'en sert un petit verre à avaler cul sec, ce que je fais. La chaleur de l'alcool se diffuse dans tout mon corps, me détend et m'excite en même temps. Je repose d'un claquement sec le verre sur la table basse, prêt à attaquer les explications. Je commence par lâcher un peu de lest afin de lui tirer les vers du nez :

ÉNIGME 15

ÉNIGME 15

Dans nos petits verres, il y a l'eau et le feu,
en trois lettres chacun.
Mais, il y a mieux : avec les sept lettres,
utilisées une et une seule fois chacune, vous pouvez
former un mot (au pluriel) qui constitue votre nouvel indice.

– Sandra, tu es en danger. T'as besoin d'une protection.

– Ah oui ? Et c'est toi qui vas me protéger ?

J'ignore l'ironie sous-jacente de sa question.

– Ces gusses qui ont abattu ton copain Bruno la nuit dernière… ils sont après moi maintenant. Ils ont cambriolé mon appart, puis ont essayé de me descendre aussi. Et tu sais ce qu'ils voulaient ? Cette foutue clé USB que je t'ai donnée.

– Ça ne m'étonne pas.

C'est plutôt moi que sa réponse étonne. Mais ne nous laissons pas troubler par l'adversaire. Je poursuis ma stratégie :

– Attends, là tu ne vas pas être déçue : comme ils ne l'ont pas trouvée chez moi, ils ont supposé que je te l'ai donnée. Ils ne sont pas cons, hein ? Alors ils envisagent de te rendre visite. Qu'est-ce tu en dis ?

Sandra blêmit.

– Ils… ils me connaissent ?

Je hausse les épaules.

– Apparemment.

– Hum… Je crois que j'ai besoin d'un remontant, moi aussi.

Elle attrape un second petit verre sur les étagères de son bar et vient avec la bouteille s'asseoir sur le canapé, assez près de moi. Elle nous sert tous les deux. Je lui lance à brûle-pourpoint :

– Et toi, Sandra, tu les connais ?

Elle prend le temps de siroter une microgorgée avant de répondre :

– Eux, non. Ce sont des gardes du corps, des hommes de main, des nervis quelconques. Leur patron, oui du moins je pense que c'est lui.

– Et c'est qui, lui ?

Une seconde d'hésitation…

– Marco, le patron du Macumba.

J'en reste bouche bée, mon verre bloqué à mi-distance de mes lèvres.

– La boîte où nous étions hier soir ? Et tu avais donné rendez-vous à Bruno là-bas ? Tu savais qu'il risquait de se faire descendre ?

À son tour de hausser les épaules.

– Non, évidemment. Sinon je serais allée ailleurs. (Un instant de silence, boudeur ou recueilli, je ne sais, puis elle redresse la tête, les yeux brillant soudain.) Au fait, tu m'avais bien dit que Bruno avait de la coke sur lui ?

– Oui, un joli sachet. Mais tes nervis me l'ont volé, je te rappelle.

– Ah, dommage…

– J'espère que ça ne va pas trop te manquer.

Elle ravale sa déception avec son verre de vodka.

– Non. J'aime bien de temps en temps, pour le fun ou pour me motiver au boulot, mais je ne suis pas accro.

– À propos, justement, c'est quoi ton boulot ?

– De la manière dont tu as maté le décor, je pensais que tu l'avais deviné…

– Oui, je crois. Euh… Comment dit-on… call-girl ? ou webcam-girl ?

Elle secoue la tête, puis nous ressert un petit verre (on va être vite torchés si on continue à ce rythme) et en profite pour se rapprocher un peu de moi. Mais je ne veux pas me laisser distraire de ma collecte d'informations – pas encore.

– Mieux que ça, quand même. Escort-girl, si tu veux. Je fais la potiche dans les soirées aux bras de vieux messieurs libidineux, et éventuellement la poupée gonflable pour beaucoup plus cher. La webcam, c'est juste pour les castings vidéo. Je ne fais pas de strip-tease devant.

Dommage, sinon je lui aurais demandé l'adresse de son site. Mais je me dis qu'au train où vont les choses (et les verres de vodka), j'aurai peut-être la chance de goûter à la vraie réalité plutôt qu'à une image pixellisée au coin d'un écran…

Mais je m'égare. Revenons à notre affaire :

– Enfin bon, pour l'instant, je ne vois pas le rapport entre la coke de Bruno et cette clé USB.

– Je vais y arriver. Cette coke, vois-tu Frank, c'est Marco qui la lui fournissait. Bruno était revendeur pour lui dans plusieurs boîtes de la région.

Ah. Ça expliquait déjà les cartons d'invitation avec les noms inscrits au dos : sa clientèle, en quelque sorte.

– Et alors ? Il a mal fait son boulot ? Il a voulu doubler le big boss ? C'est pour ça qu'on l'a buté ?

– Ne m'interromps pas tout le temps, s'il te plaît. Cette coke qu'il avait sur lui, eh bien c'était juste un échantillon qu'il devait faire goûter à ses clients. Marco en attend un gros arrivage, et il veut être sûr de pouvoir l'écouler rapidement. Ne va pas t'imaginer que je suis impliquée dans ce trafic. Mais j'ai bossé dans sa boîte, et j'y traîne encore souvent, donc j'entends des choses… Et Bruno me raconte le reste. Me racontait…

Elle finit son verre, je fais de même et elle nous ressert encore.

– D'accord, admettons. Donc les porte-flingues de Marco le descendent, ton Bruno. Pourquoi ?

– Parce qu'il était flic.

Là, mon verre de vodka me tombe carrément des mains, tachant le tapis en pure laine de Turquie. Ça, ça n'arrange pas du tout mon affaire. Si une enquête sur la mort d'un dealer peut être assez vite classée sous l'étiquette « règlement de comptes », celle d'un flic c'est tout autre chose : ses collègues voudront à tout prix la peau du coupable.

ÉNIGME 16

Je me reverse un verre d'une main un peu tremblante, me retiens de l'avaler cul sec. Je me prends à espérer que Bruno lui a raconté des salades :

– C'est lui qui te l'a dit ?

ÉNIGME 16

À nous de boire un cocktail. Placez ces boissons alcoolisées dans la ligne correspondant à leur numéro. Évidemment, plus le nom est long, moins vous avez le choix de la place, de la colonne dans laquelle commencer à inscrire le mot. Une seule solution vous permettra de lire un mot de huit lettres, verticalement, dans l'une des colonnes. Trouvez le bon dosage.

1. CHAMPAGNE. 2. VODKA. 3. GIN. 4. WHISKY.
5. DAIQUIRI. 6. TEQUILA. 7. BIÈRE. 8. PINEAU.

1	C	H	A	M	P	A	G	N	E
2									
3									
4									
5									
6									
7									
8									

– Non, je l'ai découvert toute seule, en tombant un jour sur sa carte d'agent des stups, qui avait glissé de son pantalon.

Lequel avait glissé de ses jambes, tandis que Sandra et Bruno… Revenons à nos moutons, et à cette fameuse vodka qui commence à me détacher de tous mes ennuis.

– Alors tu t'es empressée d'avertir Marco… Non, ça ne colle pas, là. Je dis une connerie.

– Marco a dû le savoir, d'une façon ou d'une autre. Ou simplement le soupçonner : dans ce milieu, ça suffit pour signer ton arrêt de mort… Ressers-moi, tu veux ?

Elle me tend son verre et je me lève pour la resservir, mais je titube un peu ou trébuche dans le tapis, je ne sais, en tout cas je me vautre contre elle sur le canapé. Ça nous fait pouffer tous les deux. Je la ressers en rigolant, du coup j'ai le geste peu sûr et je renverse de la vodka sur sa main. Elle pose son verre, secoue le poignet.

– Ah ! C'est malin ! Une si bonne vodka…

– Désolé… Donne ta main.

Je la prends dans la mienne et me mets à lui lécher la paume humide de vodka. Ça la fait se tortiller et pouffer de plus belle.

– Arrête ! Tu me chatouilles !

– Ah, tu es chatouilleuse ? Attends un peu !

Je me jette sur elle, tous doigts gigotants, et nous voilà partis à nous rouler sur le canapé et nous assaillir de chatouilles et papouilles… qui ne tardent pas à se transformer en caresses, tandis que nos rires finissent par mourir sur nos lèvres qui se scellent… Cette fois le baiser est plus fougueux et profond, et me laisse des étoiles plein les yeux. À elle aussi apparemment, qui se redresse en clignant des paupières, arrange un brin sa tenue et attrape son verre. J'en fais autant. Nous trinquons.

– À notre enquête !

Ça la fait éclater de rire. Elle essaie de se calmer, boit une gorgée, s'étrangle, se met à tousser. Je lui frotte le dos.

– Je ne comprends pas ce que j'ai dit de drôle…

– Excuse-moi, c'est nerveux…

– Euh, ouais… On en était où ?

– Ici, à peu près.

Elle m'attrape par les deux oreilles et colle derechef un baiser encore plus ardent sur mes lèvres béantes et béates. Wow, ça promet, me dis-je – et je crois bien que c'est là ma dernière pensée lucide.

UN AVOCAT MARRON

Nous sommes interrompus dans nos ébats par des coups violents frappés à la porte d'entrée.

– C'est eux ! chuchoté-je, saisi d'effroi.

Sandra me dévisage un instant sans comprendre, puis ses beaux yeux verts s'élargissent de peur à leur tour. Les coups résonnent de nouveau à la porte, cette fois assortis d'une voix :

– Mademoiselle Sandra ! Ouvrez-moi ! Je sais que vous êtes là !

Elle fronce les sourcils, consulte sa montre sertie de brillants, porte la main à sa bouche.

– Mon Dieu ! Mon rendez-vous ! J'ai complètement oublié !

– Tu as rendez-vous ?

Elle se dégage de mes bras, se redresse et crie à la cantonade :

– Une minute, monsieur Michelet ! Je ne suis pas prête !

– Ça fait déjà dix minutes que je sonne en bas ! geint la voix derrière la porte (rocailleuse et pas toute jeune). Heureusement, quelqu'un est sorti et j'ai pu me faufiler…

Nous échangeons un regard à la fois complice et coupable. Dix minutes qu'il sonne ? On n'a rien entendu… Sandra se retient de pouffer, la main de nouveau sur la bouche.

– Excusez-moi, je… j'étais sous la douche. Je suis à vous dans une minute.

– Dépêchez-vous, ma chère, nous allons être en retard.

Tandis qu'elle rassemble fébrilement ses affaires, elle répond à mon interrogation muette :

– C'est un de ces vieux libidineux qui sont ravis de m'exhiber au restaurant devant leurs amis et relations en prétendant que je suis leur maîtresse, afin de les rendre verts de jalousie. (Elle prend un air contrit.) C'est mon gagne-pain, Frank… Sois gentil, tu veux bien lui ouvrir et lui servir un verre, pendant que je vais me préparer ? Ce n'est pas bien de le laisser attendre à la porte.

ÉNIGME 17

Ses habits serrés contre elle, Sandra s'éclipse vers la salle de bains sans croiser mon regard. J'allais protester, mais les mots meurent entre mes lèvres à la vue de ses fesses rondes et ses jambes fuselées qui s'estompent dans l'ombre du couloir… Que dire face à un argument aussi imparable ?

Poussant un soupir, je me rhabille en vitesse, retape un peu les coussins du canapé et vais ouvrir à monsieur Michelet.

Il a l'air d'un vieux vautour déplumé, tout aussi roublard que faux, avec une expression d'ensemble qui me déplaît d'emblée. J'espère que Sandra n'assure avec lui que l'option potiche… Il me considère également d'un regard peu amène. Est-ce qu'il me prend pour un rival ? Bizarrement, sa tête ne m'est pas inconnue.

– Vous êtes qui, vous ?

– Juste un… ami de passage. (Je le conduis au salon, qui sent la vodka.) Sandra sera prête dans un instant. En attendant, si vous voulez bien vous asseoir… Désirez-vous boire quelque chose ?

Pour elle, je fais l'effort de paraître poli, mais l'autre ne me facilite pas la tâche :

– Un whisky. Je crois ne vous avoir jamais vu. Comment vous appelez-vous ?

ÉNIGME 17

Remplissez la grille puis reportez les lettres des cases contenant de petits numéros dans l'espace réponse final pour trouver les mots-indices.

Horizontalement :

1. Boisson quotidienne de Sandra et Frank. 2. Métal dont sont faits certains muscles. Robert pour Sandra. 3. Détective dont on aime dire qu'il est fin. 4. Petits agréments de la vie de château. 5. Qui plaît aux vieux libidineux. Article de sport. Matière à pont ou à silence. 6. Union européenne. Région de Bretagne où l'on pourrait penser que le sang coule à flots. 7. Me marrasse sa race. Bon pour le service. 8. Foirant. 9. Distributeur de pains et de marrons. N'ayant subi aucune modification. 10. Petit cheval espagnol. Auxiliaire de vie.

Verticalement :

A. C'est l'image qu'évoque Michelet à Frank. Argent du chimiste. B. Parler franc. Du grisbi. C. Noie dans beaucoup d'eau. Application. D. Conglomérat de sociétés faisant le bonheur des experts-comptables… au Japon. E. Mieux vaut en avoir une chargée dans ce polar. Temps mis à profit pour souffler. F. Voisine de la Vilaine. En voilà un qui meurt toujours la nuit. G. Qui manque singulièrement de classe. H. Fromage blanc suisse. Se décidât. I. Colporteur de ragots. Tour de magie à jeter. Chrome. J. Bosch a peint celle des fous. Greffe.

	A	B	C	D	E	F	G	H	I	J
1	V	12	15				8			4
2	A		11			■				
3	U	■			7		3		■	
4	1 T					10			14	■
5	O		6		■			■		18
6	17 U	E	■		2			19		■
7	R			20		■				
8	■	9					13		■	
9				■						
10	P	O	N	E	5 Y	■				16

1	2	3	4	5	6

7	8	9	10	11	12	13	14

15	'	16	17	18	19	20
			U			

– Frank. Et vous, c'est monsieur… Michelet, c'est ça ?

Je lui choisis un *single malt* des Highlands que je noie dans les glaçons. S'il est un puriste, il ne va pas aimer.

– Sandra ne m'a jamais parlé de vous. Qu'est-ce que vous faites ici ? questionne-t-il sur un ton méfiant.

– Je garde la maison, si vous voulez savoir. (Je pose son verre sur la table basse, peut-être un peu brutalement parce que ça gicle.) Et vous, monsieur Michelet, puis-je vous demander ce que vous faites dans la vie ?

Mais où donc ai-je déjà vu sa tête ? Dans la presse ? À la télévision peut-être…

– Je n'ai pas l'intention d'éterniser cette conversation, monsieur…

– Eh, on se détend… Est-ce que vous me voyez animé d'intentions mauvaises ? Prenons le temps de savourer ce moment ensemble.

– On peut tout savourer, mais pas avec tout le monde, grommelle le vautour.

Ta veulerie, je la savoure, me dis-je en m'asseyant le plus loin possible de lui. Je louche vers la bouteille de vodka aux trois quarts vide demeurée sur la table – mais non : j'ai encore des vapeurs et je sens bien que la fête est finie… Je regarde mon hôte en biais tandis qu'il s'enfile son scotch comme si c'était du Canada Dry.

Ça y est ! Ça me revient : lors d'un journal télévisé avait été évoquée une affaire de fausses factures, voire de blanchiment d'argent, mettant en cause une société d'investissement appartenant à un holding aux mains de Serge Petrovski, homme d'affaires et homme politique. Mauvais pour l'image de marque ! Son avocat était donc monté au créneau, clamant l'innocence de Petrovski qui aurait été « abusé » par la direction peu scrupuleuse de cette filiale, aussitôt licenciée en attendant des poursuites judiciaires. L'affaire avait été vite étouffée, mais je m'y étais intéressé car elle évoquait assez la mienne – celle qui m'avait coûté trois ans de taule. L'avocat en question m'avait frappé justement à cause de sa face de vautour... C'était ce Michelet qui se trouve à présent en face de moi, en chair et en os – enfin, surtout en os.

Me revient alors ce numéro perso de Petrovski que Bruno possède dans son portable. Tout l'écheveau de mon enquête en cours s'emmêle de nouveau. Oui, la fête est bien finie, et cette double épée de Damoclès – la mort ou la prison – plane toujours au-dessus de ma tête.

Je profite de ce souvenir tout frais pour relancer la conversation sans crier gare :

– Alors, dites-moi comment s'est terminée cette affaire avec la... Overseas Investment, c'est bien ça ? Monsieur Petrovski a-t-il été lavé de tout soupçon ?

Il sursaute carrément, me coule un regard torve par-dessus son whisky, puis semble se rappeler que cette magouille a été brièvement rendue publique. Aussitôt tombe le masque du menteur professionnel :

– Absolument. Il n'avait rien à se reprocher. Il ne saurait être tenu pour responsable des agissements frauduleux d'employés mal recrutés. D'ailleurs un grand ménage a été fait, je peux vous le dire. Franchise et honnêteté demeurent la règle numéro un dans toutes les affaires de monsieur Petrovski.

Hantise et fidélité, plutôt, je songe à part moi. Hantise du châtiment et fidélité au big boss... Tout ça me remet en mémoire la très retorse affaire qui m'a envoyé en prison.

J'avais été mandaté en tant que commissaire aux comptes par mon cabinet, Laroche Audit & Expertise, pour réaliser l'audit comptable et financier d'une société d'import-export dénommée Global Exchange, en vue de son introduction au second marché. Dirigée par un certain Jean-François Bideau, cette boîte achetait et revendait à peu près tout ce qui circule en matière de produits agricoles : des kiwis de Nouvelle-Zélande au blé ukrainien, en passant par l'huile de palme indonésienne et les engrais chimiques. Mais son marché le plus juteux était de loin celui des agrocarburants. Ce n'est déjà pas facile, lorsqu'on est honnête et scrupuleux comme moi, de valider en toute sérénité « la transparence et la régularité » des comptes d'une telle boîte, tellement les stocks sont mouvants et volatils, les taux de change et de commissions variables, les intermédiaires nombreux, les budgets prévisionnels hasardeux car basés sur des cours très fluctuants. Or Global Exchange pratiquait aussi ce qu'on appelle dans notre jargon, par un doux euphémisme, la « comptabilité créative ». En clair, la manipulation des résultats afin de donner aux clients et aux actionnaires l'image d'une entreprise saine et positive. C'est plus avenant à montrer à un conseil d'administration, mais ça ne rend pas les comptes plus transparents, au contraire. Bref, je ne vais pas entrer dans les détails de la jonglerie financière, je saute directement aux conclusions auxquelles je suis parvenu : indubitablement, le chiffre d'affaires de l'entreprise laissait apparaître un déficit global de presque trois cents millions d'euros. Ce déficit était masqué par des dizaines d'astuces comptables dont chacune, prise individuellement, ne sautait pas aux yeux de prime abord, mais qui visait *in fine* à injecter du capital issu de nulle part. Et tout ce fric s'évaporait tout aussi mystérieusement, par une pléthore de petits ruisseaux, vers des comptes offshore dont il n'existait nulle trace dans la compta « officielle » de la boîte.

ÉNIGME 18

Bref, c'était du détournement en bonne et due forme d'argent proprement blanchi au préalable. J'ai donc rendu à mon cabinet un rapport accablant pour Global Exchange, supposant qu'il allait provoquer un scandale de plus dans le monde de la haute magouille. Or que croyez-vous qu'il arriva ? Il arriva qu'entre-temps Laroche Audit & Expertise avait « fusionné »

ÉNIGME 18

Petite astuce comptable : chaque ligne, chaque colonne et chaque petit carré 3 x 3 de cette grille doit contenir une et une seule fois chacun des chiffres de 1 à 9.
Quand vous aurez terminé, observez la ligne centrale, celle qui ne contient actuellement qu'un 8 et un 5.
En remplaçant chaque chiffre par une des deux lettres qui vous sont proposées, vous pouvez former un mot de neuf lettres qui sera votre nouvel indice.

4	9	2		1	7			
			9					4
		7	6	4				5
						2		8
2	8						5	
9		1						
7					9	4		
1					4			
3	4	9	2	7	1	5	8	6

Mot-indice : lettres possibles.

1	2	3	4	5	6	7	8	9
P	D	L	C	R	E	B	G	A
S	F	M	H	T	I	U	O	N

ÉNIGME 19

Quelle est la brebis galeuse parmi ces neuf mots ?

INASSOUVI

AVORTEUSE

RETOURNER

ÉMISSAIRE

ORANGEADE

ÉCOSSAISE

APOTHÉOSE

OLYMPIADE

ÉGORGEUSE

(avait été avalé serait plus juste) avec un groupe international de gestion comptable et conseils financiers, Zach Brothers Consulting… un groupe appartenant à Petrovski, et dont Global Exchange était justement client ! On m'a proposé, moyennant une jolie prime, de fermer les yeux sur ce gros trou et de produire un autre rapport, favorable, afin de permettre l'introduction de la boîte en bourse. Raide comme la justice, j'ai refusé. Mon rapport initial a donc été présenté… juste un peu maquillé : le déficit existait bel et bien, mais il s'avérait après « enquête interne » que l'unique bénéficiaire de tout ce fric envolé… c'était moi ! J'étais soudain devenu la brebis galeuse, le voleur en col blanc qui avait truqué les comptes d'une honnête entreprise pour s'en mettre plein les fouilles. On n'a pas pu formellement prouver quelle somme j'aurais dérobée, ni dénicher où je l'aurais planquée, mais l'opération a été soigneusement médiatisée pour qu'aux yeux de l'opinion et du

ÉNIGME 19

jury, j'apparaisse comme l'un de ces pourris qui déshonorent l'honnête profession de commissaire aux comptes. Mon sort était déjà réglé avant même que le jugement soit prononcé : faute justement des milliers d'euros nécessaires, je n'ai pu me payer un avocat assez costaud pour tenir tête aux requins féroces de Zach Brothers Consulting… Résultat net : trois ans de prison ferme, cinq cent mille euros d'amende (que je ne paierai jamais) et cinq ans de mise à l'épreuve, plus interdiction de retravailler dans un cabinet d'audit.

Voilà pourquoi j'ai un peu la haine, voyez-vous, et j'aimerais vraiment coincer les salauds aux bras longs qui ont fait de moi leur bouc émissaire. Alors quand je me trouve devant un monsieur Michelet, qui me paraît de la même engeance, j'ai envie de lui rentrer ses sourires retors dans la gueule à grands coups de tatanes jusqu'à ce que plus rien ne dépasse. Ce quart d'heure que j'ai passé avec lui a été, je crois, l'un des plus longs et pénibles de toute ma vie.

Enfin Sandra ressort de sa chambre, toute pomponnée et maquillée, vêtue d'une robe-fourreau lamée or cette fois-ci. On dirait un emballage cadeau, ne manque plus que le ruban doré dans les cheveux. Elle me glisse un sourire furtif un peu navré, puis rejoint gaiement son micheton, qui finit son verre et se lève en faisant craquer ses jointures.

– Voilà, je suis prête ! Nous pouvons y aller.

– Vous êtes sublime, comme toujours, mademoiselle Sandra… Ça valait le coup d'attendre.

Elle lui tend sa main à baiser, ce qu'il fait en se penchant un peu vivement – ça lui arrache une grimace. Gaffe à ta sciatique, vieux. Puis elle le pousse gentiment vers la sortie. Avant de sortir du salon, elle se retourne et me lance :

– Frank, vous éteindrez bien les lumières en partant, n'est-ce pas ? Vous avez oublié la dernière fois, c'est fâcheux.

Je m'incline, dissimulant mon sourire.

– Bien, mademoiselle.

– Frank est mon nouveau garde du corps, explique-t-elle au vieux vautour, qui s'efface avec galanterie (tout de même) pour la laisser sortir. Il est consciencieux mais un peu distrait sur ces détails…

ÉNIGME 20

La porte se referme sur eux, me laissant l'appartement pour moi tout seul. Assez crevé et un peu triste, finalement… Vodka ? Pourquoi pas ! Sandra ne m'a pas dit quand elle rentrera, mais comme elle a parlé de restaurant, je suppose que ce ne sera pas tout de suite. En attendant, je ne vois qu'une chose à faire : allumer son ordi et m'acharner sur cette clé USB jusqu'à ce qu'elle crie pitié et m'autorise à en découvrir ses secrets.

***

À la centième tentative soldée par un « mot de passe incorrect », c'est moi qui crie pitié. J'ai essayé tous les noms du répertoire téléphonique de Bruno, la marque de sa bagnole, les surnoms de sa drogue préférée, bref, tous les mots-clés que je pouvais tirer du peu que je sais de sa vie… Rien, que dalle, toujours la même réponse obtuse de cette machine à la patience infinie – ce que n'est pas la mienne, loin de là. Je l'ai même plantée deux fois en m'introduisant dans le BIOS (les entrailles logicielles de la machine) pour tenter de récupérer les fichiers en ASCII et autres manips généralement foireuses. Je pense – j'espère – que tout remarche comme avant, que rien n'a été perdu. Non, je n'ai pas fouiné dans l'ordi de Sandra. J'attends qu'elle me dise elle-même ce qu'elle sait au sujet de cette clé, de Bruno, Marco, tout ça. Il est vrai que notre conversation a été interrompue… mais je ne vais pas le lui reprocher.

Une petite synthèse s'impose, assortie d'un bon café. Récapitulons donc : j'ai le portable de Bruno, flic infiltré, qui contient soixante-sept abréviations dans son répertoire, dont

ÉNIGME 20

À propos de détail : sur ce bureau, un objet a été ajouté. Lequel ?

ÉNIGME 21

À chaque étape, nous avons rajouté une lettre à l'expression « la gueule du loup », puis nous avons mélangé le tout. Identifiez les six lettres ajoutées dans cet ordre pour former le mot-indice.

1. **Pullule au dégoût.**
2. **Adulte goulu loupé.**
3. **Gouda mutuel pollué.**
4. **Bélouga moulu déplut.**
5. **Plumeau double goulet.**
6. **Poubelle : du mur à l'égout !**

trois seulement m'évoquent quelque chose : SAND (Sandra), MKO (Marco) et PTROV (Petrovski). Il n'y a rien d'autre dans son téléphone, à part le dernier message de Sandra. Ce qui signifie qu'il prenait soin de n'y laisser rien de compromettant, en cas de vol ou de perte de l'appareil. Il y a ce répertoire, pourtant. Avec les numéros de Marco, son fournisseur, des patrons des autres boîtes qui seraient donc ses clients, de ce fameux Petrovski, qui nage là-dedans comme un requin en eaux troubles, et… Tiens, je remarque un nom qui ne m'avait pas frappé jusqu'à présent : Avocat. Suivi d'un numéro de portable. Michelet, le micheton de Sandra ? Est-ce que j'oserais...

J'ose. Ça décroche au bout d'un certain temps :

– Allô ? Lesage ? Mais comment diable est-ce possible…

Je coupe. J'ai reconnu sa voix rocailleuse et désagréable. Il a eu l'air très surpris, soit dit en passant. Comme s'il recevait un appel d'un mort. Sandra lui aurait-elle raconté ce qui est arrivé à Bruno ? Pour quelle raison ? En quoi est-il concerné ? Il y a un rapport puisqu'il se trouve dans le répertoire de Lesage. Petrovski y est aussi, et il est l'avocat de Petrovski.

Est-ce que Bruno fournissait aussi en cocaïne tout ce beau monde ? Ce ne serait guère étonnant. À en croire Sandra, Bruno était une taupe, un stup infiltré pour faire tomber Marco et son réseau, je suppose. Un stup peut-il fournir en cocaïne un baron de la finance et de l'industrie, politicien en vue, peut-être futur ministre ? Ça me paraît peu vraisemblable : à ce niveau, on a des contacts plus sûrs. Toujours d'après Sandra, il aurait été abattu parce que Marco aurait découvert ou soupçonné son double jeu. Admettons. Dans ce cas, pourquoi les sbires de Marco recherchent-ils si activement la clé USB ? Contiendrait-elle les preuves du trafic de Marco ? Lesage aurait-il monté sur lui un dossier béton, prêt à transmettre à ses supérieurs ? Dans ce cas, pourquoi refiler cette clé à Sandra ? Est-elle flic aussi ? Non, là, je ne peux y croire. Mais si c'est bien ce que contient la clé, alors je suis sauvé : je pourrai la donner moi-même aux stups, ils arrêteront Marco et ses tueurs, la mort de leur collègue sera vengée et moi mis hors de cause, voire félicité pour cette bonne action.

Mon petit doigt me dit que c'est trop beau pour que ça se passe comme ça.

Hormis cette saleté de clé, que me reste-t-il, comme source d'information ?... Le portefeuille de Bruno, j'en ai fait le tour… Sa bagnole ! J'ai les clés. Elle doit être toujours garée sur le parking du Macumba, si Marco et sa bande ne l'ont pas fait sauter ou revendue au Nigeria. C'est risqué, c'est s'approcher dangereusement de la gueule du loup, mais ça vaut le coup d'essayer. Sauf que le Macumba est loin, en pleine cambrousse, et que

ÉNIGME 21

je ne veux plus me servir de ma voiture. Je demanderai bien à Sandra de m'accompagner, histoire de partager un peu ma vie trépidante.

Sandra…

Elle tarde un peu, je trouve. J'espère qu'il ne lui est rien arrivé…

Ce n'est jamais très sain de frayer avec des vautours.

DÉDUCTIONS ET SÉDUCTION

C'est le cliquetis d'une serrure qui me réveille. Je me redresse d'un bond – c'est Sandra, enfin. Terrassé par la vodka et par cette intense journée, j'ai fini par m'assoupir sur le canapé. Je n'ai pas osé squatter son lit géant…

Elle me fait remarquer en riant que j'ai l'air d'un hibou, les cheveux en bataille, couvert de mon blazer à l'envers, clignant des yeux dans la lumière. Je me gratte la tête en grimaçant. En général, je ne suis pas très sexy au réveil. Elle me fait néanmoins un petit bisou.

– Il est tard, non ? Quelle heure est-il ?

Sandra consulte sa montre.

– Deux heures moins le quart.

– Ah quand même… Je me suis inquiété pour toi.

– C'est vrai ? C'est gentil.

Elle va dans l'entrée se débarrasser de son manteau en fourrure et de ses chaussures à hauts talons, puis passe à la cuisine se servir un grand verre d'eau dans lequel elle plonge un antalgique.

– Ce Michelet pour qui tu fais la potiche… c'est l'avocat de Serge Petrovski, le magnat de l'industrie. Tu le savais ?

– Oui, et alors ?

Décidément, cette fille me déconcerte. Elle vient s'asseoir près de moi avec sa boisson pétillante.

– Euh… c'est un monde dangereux, Sandra. Dangereux et sans pitié.

Elle me coule un regard navré genre « si tu savais »… Ça me fout en rogne et j'attaque direct :

– Pourquoi as-tu parlé à Michelet de la mort de Bruno ? Qu'est-ce qu'il a à voir là-dedans ?

Elle bat des paupières et fixe sur moi ses grands yeux verts.

– Moi, j'ai parlé de Bruno à Michelet ? C'est quoi ce délire ? Ils ne se connaissaient même pas !

– Si, ils se connaissaient. Bruno avait le numéro de l'avocat dans son répertoire. Je l'ai appelé avec son portable, et Michelet m'a paru très surpris et troublé de recevoir cet appel. Comme s'il entendait la voix d'un mort…

– Ah, c'était toi ?! Ça l'a carrément perturbé, je te le confirme. Il s'est même absenté pour passer un coup de fil.

Ma colère s'évanouit, chassée par la perplexité. Je me gratte de nouveau la tête.

– Alors si tu ne lui as rien dit, comment sait-il, pour Bruno ? Se pourrait-il que…

Je me tourne brusquement vers Sandra, en train d'ingurgiter en grimaçant sa boisson effervescente. Elle sursaute et manque d'avaler de travers.

– Sandra, ton hypothèse est bidon. Ce ne sont pas les hommes de main de Marco qui ont buté Bruno et qui me courent après. Ce sont les nervis de Serge Petrovski. Et ce qu'il y a dans cette clé USB, ça concerne Petrovski. Je me trompe ?

Elle finit son verre, puis lâche un gros soupir.

– Je l'ignore, Frank. Je ne sais pas ce que contient cette fichue clé, d'accord ? La soirée a été éprouvante pour moi, je suis fatiguée, j'ai mal au crâne, j'ai envie d'aller me coucher. Ne pourrait-on pas remettre cette discussion à demain ? S'il te plaît ?

J'ouvre la bouche pour répliquer – car je sais qu'elle ment –, mais elle me sort un autre de ses arguments imparables : son adorable sourire d'ingénue, encadré de fossettes. Je craque et j'y pose un baiser, qu'elle me rend en se collant contre moi.

– D'accord. Excuse-moi, mais ça me prend la tête. J'ai hâte que nous soyons sortis de toute cette merde…

– Prends les choses du bon côté : cette histoire nous a permis de faire connaissance. Si Bruno n'était pas mort dans ta voiture, on ne se serait jamais revus.

– Ah… Tu m'avais donné un faux numéro, au Macumba.

Ce n'est pas une question, c'est une évidence.

– Bien sûr, rit-elle. Tu n'avais pas l'envergure d'un client potentiel. Mais j'ai passé avec toi un moment très agréable.

– Merci, je grogne, un brin froissé. (Alors elle m'a jaugé comme un client ! Moi qui croyais l'avoir branchée…)

Elle se lève, bâille et s'étire, faisant saillir ses seins sous la robe-fourreau.

– Je vais me coucher, Frank.

– Euh… Tu me fais une petite place ? Ou je me contente du canapé ?

– Tu peux venir… (elle pose un doigt sur son sourire espiègle) seulement si tu me fais l'amour.

– Ça doit pouvoir s'arranger.

Je la suis dans la chambre. Comme elle dit, prenons les choses du bon côté…

***

Le lendemain matin, lors de notre tardif petit déjeuner, je fais part à Sandra de mon intention d'aller fouiller la voiture de Bruno Lesage.

– Que comptes-tu y découvrir ?

Nous sommes tous deux juchés sur les hauts tabourets du comptoir de la cuisine, à boire nos expressos, vêtus chacun d'un peignoir qui ne cache pas grand-chose. Après une bonne douche (prise en commun…), je me sens à peu près en forme, prêt à en découdre avec les méchants, quoique j'aurais volontiers dépensé mon énergie d'une tout autre façon.

Je hausse les épaules.

– Je ne sais pas, des indices… peut-être ce fameux mot de passe, enfoui au fond de la boîte à gants… ou bien sa carte d'agent des stups.

Elle me lance un regard acéré.

– Tu ne me crois pas ?

ÉNIGME 22

– Si, je te crois. (Je soupire.) Sur ce plan-là du moins, je ne vois pas pourquoi tu me raconterais des salades. En revanche, je sais que tu me caches des choses.

– Et alors ! Nous ne sommes pas mariés, réplique-t-elle d'un ton acerbe.

– D'accord, mais nous sommes tous deux dans la même galère, nous avons ces tueurs sur le dos, plus les flics en ce qui me concerne, je risque la mort ou la prison pour t'avoir apporté cette foutue clé USB, j'estime avoir le droit de savoir ce qu'il y a dedans !

– Je ne t'ai rien demandé, Frank… (Sandra me dévisage en prenant son air ingénu, mais ça ne marche pas, je suis trop énervé.) Personne ne t'a obligé à fourrer ton nez dans ce qui ne te regardait pas.

– Non, juste un cadavre dans ma bagnole…

– Mais cette histoire t'excite bien, n'est-ce pas ? En plus elle t'a permis de continuer ton plan drague, entre deux poursuites et coups de feu. Il n'y a pas que du mauvais dans tout ça, hein ? Avoue-le, Frank.

Elle me décoche son sourire à tomber par terre et laisse bâiller son peignoir. Elle essaie de m'avoir à la séduction, mais quand je bute sur un truc, je suis genre doberman, je ne lâche pas prise. Sinon, j'aurais accepté la prime de Zach Brothers Consulting et je coulerais à présent des jours heureux. Quoique… Je dois reconnaître que ses dernières paroles ne sont pas totalement insensées.

ÉNIGME 22

Un objet a disparu entre les deux images.
Lequel ? C'est votre indice.

– Je n'ai pas envie de me fâcher avec toi, Sandra. Mais il vaut mieux que nous collaborions dans cette affaire, si nous voulons nous en tirer sains et saufs. On ne joue pas aux gendarmes et aux voleurs : c'est du sérieux, du grave, du mortel. Si nous ne nous serrons pas les coudes, ils nous auront, c'est clair : ils tiennent trop à cette clé.

– Sans le mot de passe, qu'est-ce qu'ils peuvent en faire ?

– Nous, nous ne pouvons rien en faire. Mais un bon hacker avec les outils appropriés te craque tous les mots de passe que tu veux… Allez Sandra, ne te fais pas prier : dis-moi ce qu'il y a dans cette putain de clé. Rien que les grandes lignes, si tu ne veux pas entrer dans les détails.

– Pourquoi tiens-tu tellement à le savoir ?

Je soupire de nouveau. Elle m'énerve.

– Pour connaître nos ennemis. Nous ne pouvons pas nous en sortir si nous ne savons pas contre qui nous nous battons.

– Je te l'ai dit, c'est Marco…

– Enfin, Sandra ! Cette hypothèse est bidon, je t'ai dit ! Elle aurait pu marcher si je n'avais pas appelé Michelet. Mais j'ai eu trop l'impression qu'il savait que Bruno était mort. Et franchement, je ne vois pas un avocat de cette envergure impliqué dans un règlement de comptes entre dealers…

– C'est que tu n'as pas idée des enjeux réels.

– Justement, tu vas me les dire, les enjeux réels. Je vais t'aider : ça concerne Petrovski, n'est-ce pas ?

Elle hoche la tête. Elle a l'air d'une petite fille prise la main dans le chocolat.

– Bruno et toi, vous avez monté un dossier contre lui ?

– Surtout Bruno. Moi je devais… apporter un complément.

– C'est quoi, ce dossier ? Qu'est-ce qu'il y a dedans ?

– Drogue. Trafics. Corruption, blanchiment d'argent, j'en passe et des meilleures. Je ne connais pas tous les détails. Ça, c'était la partie de Bruno.

– Je vois. Et ta partie à toi, c'était quoi ?

– Récolter des infos que Bruno ne pouvait pas avoir. Comme celles qui… s'échangent sur l'oreiller, tu vois ce que je veux dire…

– Eh bien voilà ! (Je lui souris en lui ouvrant les bras, mais elle ne se jette pas dedans.) Pour moi c'est déjà beaucoup plus clair : je sais qui veut cette clé, et pourquoi. Ça doit être du lourd, pour qu'ils s'acharnent à ce point… Je peux te poser encore une question ?

Elle hausse les épaules.

– Pourquoi tu ne me l'as pas dit dès le début ?

– Parce que je n'ai pas confiance, se renfrogne-t-elle. Parce que je ne te connais pas. Parce que c'est secret. Parce qu'on risque gros, comme tu l'as constaté. Si ça se trouve, tu vas t'empresser d'aller déballer ça à Petrovski, et il va m'envoyer ses tueurs dans la foulée.

– Sandra…

Je saute de mon tabouret pour la serrer dans mes bras, car je vois bien qu'elle crève de trouille – ce qu'elle avait remarquablement bien caché jusqu'à présent. Elle se blottit contre ma poitrine, tremblant comme une biche effarouchée.

– Si j'avais dû « déballer ça à Petrovski », comme tu dis, je lui aurais remis la clé directement… Tu as raison de te méfier, mais si tu as un allié dans cette affaire, c'est moi. Nous risquons notre peau tous les deux, et nous allons la sauver tous les deux. D'accord ?

Elle hoche la tête. Je lui relève le menton et l'embrasse tendrement. Ça la détend un peu.

– Je refais du café ?

– Oui, je veux bien.

Je me glisse derrière le comptoir pour recharger la machine à expresso, et au passage je lui demande :

– Pourquoi avoir monté ce dossier contre Petrovski, Sandra ?

Pourquoi vous être attaqués à un si gros requin, Bruno et toi ? Une mesure de salubrité ? Vous agissez pour un parti ?

Elle secoue la tête.

– Pas du tout. Enfin, pour Bruno, je ne sais pas, il avait ses raisons… pas bien claires, d'ailleurs. Enfin, passons. Ma raison à moi, par contre, elle est très claire.

– Et c'est ?

– La haine.

Les yeux de Sandra s'enflamment, ses traits se durcissent, elle ferait presque peur. Éviter de trop la mettre en colère, je note mentalement.

– Je veux qu'il crève, poursuit-elle en une espèce de feulement. Non, même pas. Que son empire s'écroule, que lui-même s'écroule, qu'il descende plus bas que terre, rampe dans le caniveau, soit humilié pour le restant de ses jours.

J'émets un sifflement estomaqué.

– En effet, tu ne lui veux pas du bien. Pourquoi tant de haine ?

Elle pose sur moi ses yeux verts, qui sont devenus deux lasers.

– Ce salaud m'a violée.

***

Il n'y a pas plus morne et désert que le parking d'une boîte de nuit à deux heures de l'après-midi. Le vent y gémit lugubrement, chassant les papiers gras et faisant rouler les canettes abandonnées. Tous nos sens en alerte, nous y pénétrons en roulant au pas dans la Smart de Sandra.

ÉNIGME 23

Quand j'ai découvert dans quel pot de yaourt elle escomptait nous emmener au Macumba, j'ai failli laisser tomber, pensant qu'on n'échapperait jamais à une filature avec ça. Mais vu la façon dont elle a piloté son engin, slalomant et se faufilant dans la circulation telle une anguille sur des hauts-fonds, c'était plutôt nos éventuels poursuivants qui auraient eu du mouron à se faire.

ÉNIGME 23

Classez les dix pots de yaourt du plus petit au plus grand. Puis prenez la première lettre du parfum du premier pot, la deuxième lettre du parfum du deuxième pot et ainsi de suite jusqu'à la dixième lettre du parfum du dixième pot pour reconstituer le mot-indice.

En chemin, j'ai voulu revenir sur cet aveu qu'elle m'a craché avec toute sa haine. Mais elle s'est murée dans un mutisme obtus et je n'ai pas insisté : un souvenir trop pénible à évoquer, trop récent peut-être... Une raison valable de se venger de Petrovski en tout cas. Plus j'avance dans mon enquête, plus ce type me devient antipathique.

Une seule voiture est garée sur le parking, une Audi noire compacte, légèrement poussiéreuse : celle de Bruno Lesage. Bizarre qu'ils ne l'aient pas fait disparaître... Mais si mon hypothèse est bonne – et j'y crois de plus en plus – alors c'est normal : Marco n'ayant rien à voir avec la mort de Bruno, il n'a aucune raison d'escamoter cette bagnole. Quant aux autres, ils n'ont pas encore eu le temps, sans doute.

Nous nous garons à côté de l'Audi et descendons de la Smart en scrutant les alentours. Rien ne bouge. La façade du Macumba est éteinte, pas un bruit ne provient du bâtiment. Ses occupants pioncent encore, ou se réveillent à peine... Pourvu qu'ils n'aient pas envie de sortir prendre l'air.

Au moment où j'appuie sur la clé de l'Audi pour ouvrir les portières à distance, l'idée me traverse que cette voiture-là pourrait être piégée – trop tard. Les clignotants clignotent, les portières se déverrouillent avec entrain. Ouf, jusqu'ici tout va bien. De toute façon, je ne veux pas la démarrer.

– Fais l'arrière, je m'occupe de l'avant, dis-je à Sandra.

– Je cherche quoi ? Et où ?

– N'importe quoi qui puisse nous servir d'indice. Tu fouilles partout, entre les sièges et dessous, le cendrier, la plage arrière...

De mon côté, je commence par la boîte à gants. Elle est vaste et profonde, et pleine de bordel. J'étale tout sur le siège avant : une pochette de CD-R gravés, portant divers noms de groupes ou titrés *Compil techno* ou *Tubes années 90* – mais rien ne dit que les contenus correspondent aux intitulés. Je garde.

Un cordon pour brancher le portable sur l'allume-cigare, une alarme antiradars, des emballages de bonbons, quelques pièces de monnaie, la façade de l'autoradio, deux paquets de Kleenex, dont un entamé, les papiers et le carnet d'entretien de la voiture ; un couteau suisse, des lunettes noires, un briquet mort, une bombe lacrymo, deux, trois stylos… Bref, rien de significatif, sauf (peut-être) les disques.

Je poursuis mon exploration par les vide-poches des portières, mais là non plus je ne déniche rien d'intéressant, à part une carte routière dont un endroit est cerclé de feutre, quelque part en Touraine. À montrer à Sandra, ça peut lui parler. Que me reste-t-il ? Le cendrier ? Nickel : Bruno était non-fumeur. Les pare-soleil ! Celui côté passager est vide ; celui du conducteur recèle quelques tickets d'essence et de péages (qui peuvent me renseigner sur ses déplacements) et – surtout – sa fameuse carte d'inspecteur des stups que Sandra disait avoir aperçue. Elle ne m'a donc pas menti là-dessus.

Elle a terminé sa fouille avant moi et m'attend en se limant les ongles, adossée à sa Smart. Son butin est étalé sur le toit de l'Audi : d'autres emballages de bonbons, un mégot taché de rouge à lèvres, une bouteille d'eau vide, un emballage de capote, deux prospectus émanant de deux villes différentes, un gilet fluo encore emballé, un atlas routier d'Europe, une petite culotte en dentelle noire et un billet de dix euros roulé, portant des traces de cocaïne. J'en déduis que Bruno a baisé une nana dans sa caisse après lui avoir fait sniffer une ligne. Vachement passionnant, et déterminant pour notre enquête !

Reste le coffre, que je vais ouvrir… À première vue, il ne contient qu'un caisson de basses, un bidon d'huile et un triangle de signalisation insérés dans des logements ad hoc. Ne voulant pas m'avouer vaincu, je soulève la moquette qui le tapisse afin d'accéder à l'emplacement de la roue de secours. Sous celle-ci

ÉNIGME 24

Choisissez sept des treize outils et placez-les dans les cases prévues à cet effet. Une seule disposition vous permettra de lire un mot de sept lettres dans les cases grisées.

Liste des outils :

Chalumeau
Ciseau à bois
Clé à molette
Écouvillon
Fer à souder
Fil à plomb
Marteau
Niveau optique
Pince à dénuder
Pince plate
Poinçon
Tourne-écrou
Tournevis

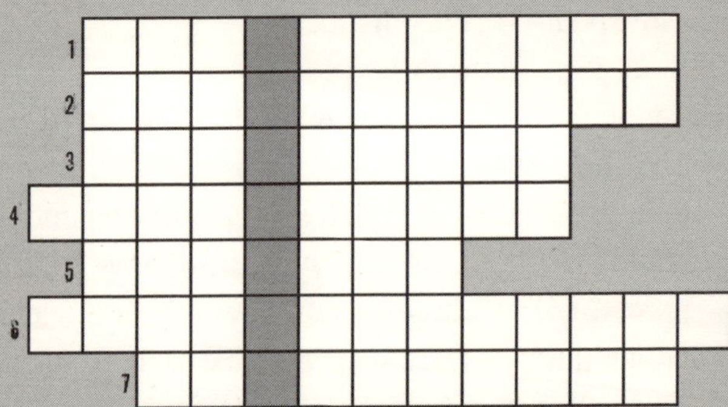

ÉNIGME 24

se trouve une pochette en plastique. Une trousse à outils sans doute, mais je préfère m'en assurer. Je me penche pour essayer de la dégager quand j'entends un appel étouffé, émis par Sandra :

– Frank !

Je me redresse vivement – quelque chose de rond et de froid me percute le dos. J'ai déjà ressenti ce contact, ici même, pas plus tard qu'avant-hier soir. C'est celui d'un flingue.

Je me retourne à demi, levant des mains hésitantes. Le mec qui tient le flingue est vêtu d'un jogging et ne porte pas de lunettes noires, mais ça ne le rend pas plus aimable pour autant. Je le reconnais à sa taille d'armoire à glace, son crâne en boule de billard et le noir d'ébène de sa peau : c'est le videur de la boîte.

– Alors, lance-t-il, on vole dans les bagnoles des clients ?

ÇA CHAUFFE AU MACUMBA

Ouf, ce n'est que ça ! J'explique à ce gorille qu'on ne vole rien, que c'est la voiture d'un ami qui nous a demandé d'y récupérer quelque chose, voyez, j'ai même les clés – que je lui montre, sur la serrure du coffre – mais il n'en a rien à foutre. Ce qui l'intéresse, c'est Sandra :

– Je vous connais, vous.

Elle hausse les épaules sans répondre, nullement impressionnée par le flingue.

– Remettez tout ça en place et suivez-moi, ordonne le gorille.

Du canon de son arme, il désigne le résultat de notre fouille étalé sur le toit de l'Audi. Je remets tout en vrac à l'intérieur, sauf la carte de stup de Bruno que je garde sur moi. Je me dis qu'elle pourrait éventuellement servir… À quoi ? Je l'ignore. Mais c'est la seule preuve concrète que je détiens. Dans quel pétrin nous sommes-nous encore fourrés ?

Le mastodonte nous pousse vers le Macumba, certainement pas pour appeler les flics. Ses gros doigts sur la crosse du pistolet ne m'inspirent aucune confiance : le coup pourrait bien partir inopinément.

– Pourriez-vous ranger votre arme, s'il vous plaît ? Je ne vais pas vous sauter dessus, vous savez.

Il me jauge du haut de ses deux mètres, puis glisse son

flingue dans la poche de son jogging, où il forme une bosse disgracieuse.

– Vous nous emmenez où ? je demande, histoire de meubler le silence.

– Voir le patron.

– Est-ce vraiment nécessaire de le déranger ? Tout ça peut très bien s'expliquer sans que...

– Ta gueule.

Le patron nous attend dans une espèce de poste de surveillance en surplomb, façon tour de contrôle, dont les vitres (sûrement miroirs) donnent sur les profondeurs obscures de la piste de danse. À l'opposé s'étend un pupitre surmonté d'une douzaine d'écrans, dont plusieurs sont allumés. L'un d'eux montre justement le parking, la voiture de Bruno, celle de Sandra à côté.

ÉNIGME 25

Marco est assis devant, accoudé au pupitre, un mug de café dans une main, un cigarillo dans l'autre, qui empuantit cet espace plutôt confiné. Sa tronche évoque irrésistiblement celle d'un rat, moustaches comprises – on s'attend presque à voir frétiller son nez pointu. Il lève sur nous des petits yeux noirs alourdis de cernes épais, qui ne doivent pas voir souvent la lumière du jour.

– Voilà les voleurs, patron, annonce le cerbère.

Marco continue de nous dévisager, les yeux mi-clos, en tirant sur son cigarillo dont la cendre tombe par terre. Il se la joue très Al Capone, je trouve. Il souffle un gros nuage de fumée dans la petite pièce, puis un sourire lui fend la gueule, au sens propre du terme.

– Tiens tiens, Sandra... Décidément, tu aimes bien le Macumba, pour y venir même en plein jour ? (Il congédie son gorille d'un geste de la main assez méprisant :) Tu peux disposer, Étienne. Ils ne sont pas dangereux. (Étienne éclipsé, il ajoute :) Du moins je ne pense pas, mais peut-être que je me

ÉNIGME 25

Voici quinze voitures mal garées.
Remises dans le bon ordre, elles révéleront une phrase de 45 caractères, en comptant les espaces et la ponctuation. Trouvez le bon agencement permettant de formuler une énigme, à laquelle vous n'aurez plus qu'à répondre pour obtenir le mot-indice.

trompe ? (Il me fixe d'un regard acéré.) Présente-moi donc ton ami, Sandra.

Je ne lui laisse pas cette peine :

– Je m'appelle Frank.

– Et qu'est-ce que tu fais dans la vie, Frank, à part voler dans les voitures ?

– Jouons cartes sur table, Marco. Vous savez très bien à qui appartient cette voiture et que, si j'en ai les clés, ce n'est pas par hasard. (Je les agite devant son nez. Sandra m'adresse un signe discret genre « vas-y mollo » mais je n'en tiens pas compte. Je désigne les écrans.) Vous avez vu ce qu'il s'est passé avant-hier soir, non ? Alors ?

Le sourire à l'emporte-pièce du patron s'est effacé. Il a posé son café et glissé la main sous son veston. Ses petits yeux luisent d'un éclat mauvais. J'ai l'impression qu'il ne faut pas le pousser à bout, ce Marco.

– Alors quoi ? jappe-t-il. T'es qui, toi, pour me poser des questions ?

– Qui a tué Bruno Lesage ? je lance à brûle-pourpoint.

Je n'obtiens pas l'effet de surprise escompté. Marco jaillit brusquement de son siège, m'alpague au collet et me colle son flingue sous le menton. Décidément, c'est une tradition maison.

– Écoute-moi bien, petit merdeux. Si tu veux pas qu'Étienne te transforme en pâtée pour chien, tu vas me parler sur un autre ton, me dire « monsieur » et « s'il vous plaît ».

Il me lâche, rengaine son flingue, retourne s'asseoir, reprend son café et tire sur son cigarillo, me soufflant la fumée dans la figure.

– S'il vous plaît, monsieur, dis-je d'un ton plus ou moins contenu, auriez-vous par hasard une idée des auteurs de l'assassinat commis sur votre parking il y a deux soirs ?

– Eh bien voilà ! sourit de nouveau Marco en écartant les bras.

C'est tellement plus agréable entre gens civilisés, pas vrai ? Ma réponse à ta question est… (il prend le temps de téter son cigarillo) que je n'en ai pas la moindre idée. À mon tour de te questionner, Frank : qui es-tu et pourquoi fouines-tu par ici ?

Je me sens un peu obligé de lui narrer un minimum de mes récentes aventures, ne serait-ce que pour justifier ma fouille de l'Audi. Mais je ne lui parle ni de cocaïne ni de la clé USB. Je me contente de déclarer que ces tueurs nous poursuivent et cherchent quelque chose, mais que nous ignorons de quoi il peut s'agir. C'est justement en quête d'indices que nous avons entrepris de fouiller la voiture de Bruno…

– Et vous en avez trouvé ? s'enquiert Marco dans un nuage de fumée.

Sandra et moi échangeons un regard – dubitatif, de son côté. Apparemment, elle a décidé d'intervenir le moins possible. Moi je ne me sens pas à la fête. Si au moins elle ne m'avait rien caché… J'abats le seul atout dont je dispose :

– Oui, j'en ai trouvé. Quelque chose qui pourrait bigrement vous intéresser. Mais c'est donnant-donnant, monsieur Marco.

Il hausse ses minuscules sourcils.

– Donnant-donnant ? Contre quoi ?

– Contre des infos sur Lesage. Tout ce que vous pourrez m'en dire : s'il avait des ennemis, des amis, ce qui le faisait se lever le matin, son but dans la vie, sa boisson préférée, n'importe quoi. Et ne vous fatiguez pas à me cacher vos petites affaires avec lui, je suis au courant.

Marco fusille Sandra du regard, qui répond par un haussement d'épaules.

– Frank a trouvé de la coke sur lui, précise-t-elle, comme si ça expliquait tout.

– Et j'obtiens quoi, en échange de mes renseignements ?

– Une info que vous ignorez peut-être.

ÉNIGME 26

– Alors là, je demande à voir, ricane Marco.

J'abats mon atout : la carte d'agent des stups de Bruno, que je lui colle sous le nez. Il esquisse le geste de la prendre, mais je l'écarte.

– Pas touche ! On regarde seulement.

Il l'examine en hochant la tête, lèvres pincées. Pendant ce temps j'étudie sa réaction, s'il feint la surprise ou quoi. Mais il a l'air réellement emmerdé.

– En effet, pour une info, c'est une info, reconnaît-il. Hum… Il faudrait que je passe quelques coups de fil.

Il se lève – je le repousse dans son fauteuil. Il est tellement surpris de mon geste audacieux qu'il reste comme deux ronds de flanc, ne pense même pas à dégainer son flingue. En retrait, Sandra se mord les lèvres : elle s'attend sans doute à ce qu'il m'explose la tête.

– Vous n'êtes pas à cinq minutes près, monsieur Marco. Lesage est mort, il ne parlera plus. Mais vous, si : je veux ma part du marché.

Marco se ressaisit, glisse la main sous son veston, mais il change d'avis, tandis qu'un sourire redresse sa fine moustache.

– Dur en affaires, hein ? Mais j'aime ça. J'aime ça. C'est quoi ton job ?

– Je suis expert-comptable. Spécialiste en audit.

– Mmh mmh… C'est que j'aurais bien besoin d'un expert-comptable…

– Ne comptez pas sur moi. Je pratique ce métier avec honnêteté et transparence. Même si ça m'attire parfois des ennuis, c'est une règle à laquelle je ne veux pas déroger.

– Ah oui ? Tu gagnes combien, dans ton officine ? Deux mille cinq, trois mille maxi ? Je t'en offre le double. Avec une prime d'embauche de dix mille.

– Je ne suis pas à vendre, Marco. Et ce n'est pas le sujet. J'attends toujours mes infos.

– Sur Lesage ? Ben, tu as sous la main une informatrice de

ÉNIGME 26

Seize cartes sont rangées en carré.
Quinze sont face apparente. La seizième est retournée.
Quelle doit-elle être pour compléter logiquement la figure ?
Inscrivez son nom en toutes lettres sur le nombre
de tirets nécessaires (par exemple, as de trèfle,
cinq de pique, huit de carreau...) puis réorganisez les
six lettres entourées pour découvrir le verbe indice.

_ _ _ _ _ _ _ _ _ _ _ _ _ _

premier choix. (Il désigne Sandra.) Pourquoi ne t'adresses-tu pas à elle ?

– Je n'ai rien à dire au sujet de Bruno, se renfrogne-t-elle.

– Mais si, ma chérie. Il était ton employeur, après tout. C'est bien grâce à lui que tu as pu t'introduire dans la jet-set. Pour une taupe, il savait sacrément bien creuser son trou, cet enfoiré. (Marco se lève de nouveau.) Excusez-moi, mais j'ai vraiment des coups de fil à passer. Étienne va vous reconduire, si vous le désirez.

– Pas la peine, nous retrouverons le chemin.

Il nous pousse gentiment hors de la pièce. Tout en posant la main sur mon épaule, il me glisse à l'oreille :

– Réfléchis à ma proposition, Frank. Six mille euros par mois, pour un boulot peinard à mi-temps. Je peux même monter jusqu'à sept mille.

– Laissez tomber. Je vous l'ai dit, je ne suis pas corruptible.

N'empêche que compte tenu de ma situation financière, le chômage et tout ça… Mais non. Passer mon temps à maquiller les comptes d'un dealer… même pour dix mille euros par mois… Non. Pas question.

En reprenant le couloir vers la sortie « privée » de la boîte, située à l'arrière du bâtiment, j'ai la désagréable impression de m'être fait avoir… ou plutôt d'avoir perdu beaucoup de temps à chercher ailleurs ce que j'avais sous la main : Sandra est loin de m'avoir tout dit, c'est évident.

De retour sur le parking, elle se dirige vers sa Smart d'un pas pressé. Je lui attrape le bras pour l'arrêter, la force à se retourner, me regarder en face. Elle détourne quand même les yeux.

– Alors comme ça, Bruno était ton « employeur », hein ? Ton mac, autrement dit. Tu as beaucoup de choses à me raconter, Sandra.

– Lâche-moi, tu me fais mal !

– Ce n'est pas vrai. (Je la lâche néanmoins. Nous reprenons

notre progression vers les voitures, distantes de quelques mètres.) Écoute, voilà ce que nous allons faire : nous ramassons ce qu'il y a d'intéressant dans la caisse de Bruno, nous emmenons tout ça chez toi, et tu me racontes ce que ça t'évoque, sans mensonges ni faux-fuyants. N'oublie pas que j'ai le numéro de Marco, qui semble m'avoir à la bonne. Je peux vérifier auprès de lui tout ce que tu me diras.

– Non, pas tout. Marco ne peut rien te dire sur Petrovski, par exemple. Il ne le connaît pas. C'était Bruno le contact – et le fusible, apparemment.

– Bien, Sandra ! C'est un bon début. Continue comme ça et tu…

– Couchez-vous, vite !

Ce cri guttural vient du Macumba. Sans chercher à comprendre, j'empoigne Sandra, me jette au sol avec elle, que je couvre de mon corps. Quelque chose d'enflammé file en sifflant au-dessus de nos têtes – l'Audi explose.

Le souffle nous roule sur le parking comme des fétus de paille, l'onde de chaleur nous crame la peau et nous roussit les cheveux. J'ai un méchant sifflement dans les oreilles, je n'entends plus rien. J'ai mal au ventre, envie de vomir.

Je me redresse péniblement, en m'appuyant sur les mains, à moitié sonné. Sous moi, Sandra est inerte, j'espère qu'elle n'est pas… J'essaie de lever la tête, mais tout tourne autour de moi. Dans ce tourbillon, je discerne une grosse masse de flammes, environnée de débris fumants : ce qui reste de l'Audi. Non loin, la petite Smart, elle aussi soufflée par l'explosion, a été culbutée et gît sur le toit. Je me dis stupidement qu'on aura du mal à la remettre d'aplomb.

Une ombre s'étend sur moi. Je lève les yeux pour voir de quoi il s'agit. C'est Étienne, le gorille de Marco. Il dit quelque chose que je n'entends pas, en désignant l'entrée du parking.

– Sandra, Sandra… je marmonne indistinctement, tout en

ÉNIGME 27

Un objet a disparu entre les deux images.
Lequel ? C'est votre indice.

mâchouillant le goût de sang que j'ai dans la bouche. Le videur hoche la tête.

J'essaie de me relever afin de me dégager d'elle, mais tout tourne de plus en plus autour de moi, se noie peu à peu dans un grand voile rouge qui vire au noir… Je perds connaissance.

***

ÉNIGME 27

J'émerge allongé sur un grand lit. Où suis-je ? Où est Sandra ? Elle a disparu ? J'ai mal partout, mon visage et mes mains me brûlent, mes oreilles bourdonnent encore… Ça me revient : l'explosion de l'Audi. Ce truc que j'ai entendu siffler au-dessus de ma tête, juste au moment où je me jetais au sol avec Sandra. Avec quoi nous ont-ils tiré dessus cette fois ? Un canon ? Un bazooka ? C'est quoi la prochaine étape ? Un bombardement aérien ? Ça craint un max.

Je m'assois sur le lit. Ça tourne encore un peu, mais ça va. Un bon antalgique, quelque chose pour calmer mes brûlures, et je devrais pouvoir fonctionner à peu près normalement.

Je me lève, titube jusqu'à la fenêtre, manquant de faire tomber la plante. Hum, l'équilibre, c'est pas encore ça… La vue extérieure, plutôt champêtre, me suggère que je suis toujours au Macumba. Ils ont des chambres comme ça, dans cette boîte, où c'est un appartement privé ? Putain, j'ai trop mal, il faut que je prenne au moins un antalgique. Je remets mes chaussures, qu'on m'a enlevées, et, m'appuyant de temps à autre contre le mur, je pars en exploration.

Je tombe sur un salon cossu et sur Sandra en même temps. Elle paraît en forme, Sandra, en pleine discussion avec Marco, Étienne et une nana que je reconnais comme une des serveuses du bar. Ma parole, ils vivent tous en communauté ici ou quoi ? La conversation s'interrompt au moment où je fais irruption mais reprend aussitôt, aussi volubile que décousue à mes oreilles. Je découvre alors la source de leur inspiration : sur une table basse traînent de nombreux cadavres de bouteilles.

ÉNIGME 28

– Je cherche des médicaments, je grogne sur un ton bougon qui reflète bien mon humeur. J'ai mal au crâne et les mains toutes cloquées.

– Vanessa, peux-tu t'occuper de monsieur ? demande Marco à la serveuse, en donnant une tape sur ses fesses rebondies. (Ça ne la formalise pas. Elle doit avoir l'habitude…)

– Venez avec moi.

Vanessa m'emmène dans une salle de bains aussi luxueuse que le salon, toute en marbres et dorures, comprenant (d'après ce que je peux en voir) au moins un sauna et un Jacuzzi. Elle me file un comprimé effervescent, puis entreprend de soigner les endroits les plus brûlés – cou, visage, dessus des mains – en les enduisant de pommade. Elle a des gestes doux et elle est plutôt mignonne, dans le genre toute en courbes. J'aurais pu m'y intéresser si je n'avais pas Sandra… Enfin, « avais » est bien présomptueux : je l'ai dans la peau, c'est sûr, mais elle ? OK, on s'éclate bien au pieu, mais sorti de là, je lui fais autant confiance qu'à une vipère. Elle doit beaucoup s'amuser à me voir pédaler dans la semoule. Si ça se trouve, elle sait parfaitement qui a tué Bruno et pourquoi et ne veut rien m'en dire, soit pour se protéger elle-même, soit pour protéger d'autres intérêts… Mais je ne veux plus me laisser mener en bateau. Il est temps de reprendre le gouvernail.

– Dites-moi, Vanessa, vous connaissez bien Sandra ?

– Pas très, non. Elle est partie peu après mon arrivée.

– Elle bossait ici ? Au bar ?

– Oh non ! (Elle se met à rire.) Franchement, vous voyez Sandra derrière un bar ? Non, elle était entraîneuse.

Ça explique mieux pourquoi elle m'a branché l'autre soir… Réflexe professionnel, sans doute. Ou bien c'est moi qui l'ai abordée ? Je ne me souviens plus très bien.

ÉNIGME 28

Frank a mal au crâne en essayant de déchiffrer cette note lue sur un Post-it :

SLTXHU OH EOH.

Il se rappelle qu'il a déjà vu Sandra signer ses lettres

TBOESB.

Que Bruno possède un carnet de notes où revient souvent la séquence **DTWPQ.**

Qu'Étienne se connecte sur Internet avec le pseudo

HWLHQQH.

Et que Marco utilise comme mot de passe sur son ordinateur **QEVGS.**

Que dit la note et de qui émane-t-elle ou de qui veut-on faire croire qu'elle est l'œuvre ?

– Pourquoi est-elle partie ? Elle était exploitée ? Mal payée ?

– Non, je ne crois pas. C'est parce qu'elle a rencontré Bruno, qui lui a fait une offre plus intéressante.

– C'est-à-dire ?

Je le sais, mais je veux qu'elle me le confirme.

– Poule de luxe, je dirais, ou plutôt pute de luxe… Bruno organisait des partouzes entre gens de la haute, voyez, des artistes, des hommes d'affaires, des politiciens… Il avait besoin de belles filles comme Sandra. Il me l'a proposé aussi, mais j'ai refusé : baiser avec des vieux, c'est pas mon truc. Quel que soit le prix. Avec Marco, au moins, je ne suis pas obligée. Et j'ai toute la dope que je veux…

Elle poursuit dans les avantages comparés entre son job et celui de Sandra, mais je ne l'écoute plus. Mon cerveau carbure à fond – enfin, autant que possible avec ce mal de crâne que l'antalgique n'a pas encore attaqué. Voilà déjà un autre détail qui est éclairci : les nombreux prénoms féminins dans le répertoire du mobile de Bruno. Ni des clientes ni des conquêtes : du petit personnel. Décidément, ce Bruno avait plusieurs casquettes : dealer pour Marco, stup infiltré, entremetteur… Le genre de boulots où tu as peu de chances de mourir de mort naturelle. Petrovski devait donc être un « client » de Bruno, soit pour la cocaïne, soit pour les parties fines, soit pour les deux… Et Sandra, payée pour faire la poule de luxe, aurait été violée par Petrovski ? Hum… Et de là à monter un dossier contre lui – un dossier assez chaud pour que ses tueurs s'acharnent sur nous…

– Voilà ! conclut Vanessa en rebouchant son tube de pommade. Vous êtes tout gras et pas beau, mais vous devriez avoir moins mal. (Elle me dévisage en souriant. Je dois avoir l'air de faire la gueule, car elle ajoute :) Ça vous embête que j'aie traité Sandra de pute de luxe ? Vous êtes son petit ami ? Si c'est le cas, je suis désolée…

– Non non, pas de souci, Vanessa. Au contraire, vos renseignements m'ont été précieux. Merci… et merci aussi pour les soins. Au fait… Vous savez qui nous a tiré dessus, sur le parking ? Et avec quoi ?

– Faut demander à Étienne. C'est lui qui a vu. Moi je dormais encore… C'est d'ailleurs ce qui m'a réveillée.

Elle se met à pouffer, comme si c'était rigolo de se faire réveiller par un tir de missile. Elle me prend la main – comme si j'étais un petit garçon – pour me ramener au salon, où Marco est en train d'offrir une seconde tournée en faisant mousser les verres.

– Ah, Frank ! frétille Sandra. (Elle fume un joint de marijuana.) Alors, ça va mieux ? Tu en veux ? (Elle me tend le pétard. Je secoue la tête.) Allez ! Ça te remettra d'aplomb.

– Certainement pas.

Elle passe le joint à Vanessa qui reprend place parmi le groupe. Elle aussi a des cloques sur la figure pommadée, et sa belle chevelure rousse a été un tantinet raccourcie, mais *hasta la vista*, elle n'a pas l'air de s'en faire. Moi je m'efforce de contenir ma colère. J'ai envie de la choper par le colbac et de la traîner dehors… Je réalise du même coup que nous n'avons plus de moyen de retourner en ville. Et ce n'est pas tout près !

– Sandra, t'as appelé un taxi ? je demande froidement.

Elle cligne des paupières, tout étonnée. Ses pupilles sont immenses. Elle m'a l'air de planer bien haut…

– Non, pourquoi ?

– Pour rentrer à la maison. Tu comptes y aller à pied ?

– Étienne nous ramènera… ou Vanessa. Nous ne sommes pas si pressés que ça, si ?

– Mais non ! intervient Marco. Viens donc te joindre à nous, Frank. (Il me désigne un fauteuil club inoccupé.) Tu n'aimes pas la cocaïne ? J'ai de la vodka bison…

Cette garce de Sandra a parlé de moi à Marco. Je la fusille du regard, mais elle ne me prête aucune attention, occupée à papoter avec Vanessa.

– Non merci, je tranche.

– Mais si ! insiste-t-il. Étienne, va voir au bar si j'ai de la vodka à l'herbe de bison, sinon prends-en dans la réserve. (Le gorille s'éclipse aussitôt.) On a quelque chose à fêter, tous les deux, ajoute-t-il en me fixant de ses petits yeux en boutons de bottine.

– Quoi ? Le missile sur le parking ?

– C'était joli, hein ? Mais c'est pas ça. Je parle de ton nouveau job, mon vieux !

– Mon nouveau job ?

– Sandra m'a parlé de toi, de tes antécédents et de… tes difficultés actuelles. T'as le profil qui me convient, Frank. C'est pourquoi j'ai décidé de t'embaucher.

– C'est cool, non ? me sourit Sandra, avec une expression très ingénue.

– Non, c'est pas cool du tout. J'ai déjà dit – et je répète – que je refuse de bosser pour un dealer. C'est… c'est immoral.

Marco éclate de rire.

– Immoral ! Elle est bien bonne ! Parce que tu trouves de la moralité dans les milieux financiers, toi ? Montre-moi où, je la prends en photo et je la fais encadrer ! (Il reprend son sérieux tout aussi brusquement.) De toute façon tu n'as pas le choix, mon vieux… Ah, Étienne ! T'en as trouvé ? Parfait. Sers-en une bonne dose à notre ami Frank, il en a besoin.

– Et si je refuse ?

– Quoi ? Le job ? Ou la vodka ?

– Ne tournez pas autour du pot, Marco.

– Si tu refuses ce job, t'auras l'éternité pour le regretter… Et on doit trouver le temps long, coulé dans du béton au fond d'une rivière.

ÉNIGME 29

Sa repartie fait marrer tout le monde, y compris Sandra. Les voir se fendre la gueule à ce qui n'est rien moins qu'une menace de mort, moi, ça me donne carrément envie de pleurer.

ÉNIGME 29

Dans notre cocktail plane aussi «menace», en six lettres.
Ne soyez pas un «cave», en quatre, et trouvez le mot
utilisant une et une seule fois chacun des dix glaçons :
pour trouver votre indice.

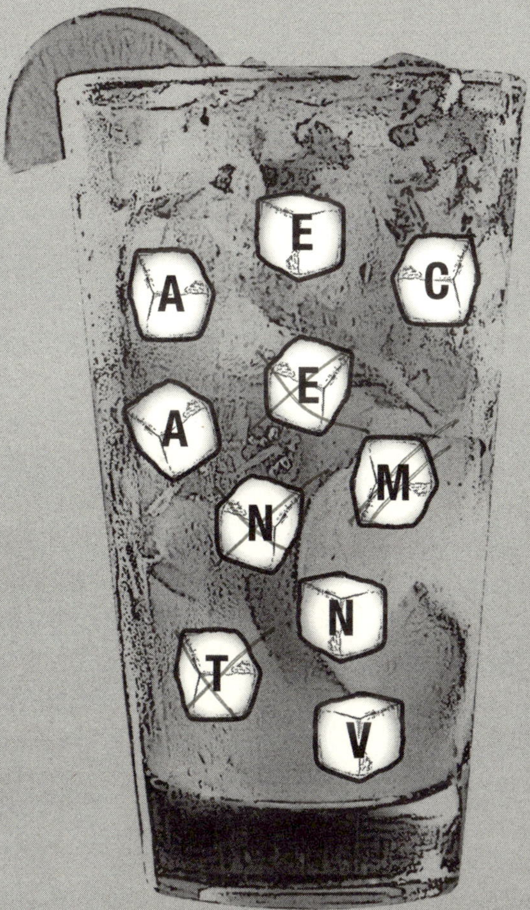

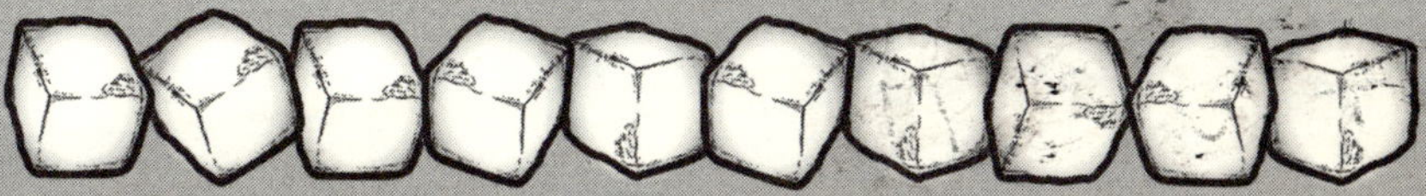

UNE OFFRE D'EMPLOI

Néanmoins, je fais mine d'accepter le job, j'y mets même de l'enthousiasme, car je crains que Marco, shooté comme il est, ne m'abatte par pur fun si je lui donne l'impression de résister encore. Sandra applaudit joyeusement mon accord, ainsi que Vanessa et même Étienne. Nous trinquons « à mon embauche », tous décidant de m'accompagner à la vodka. Associée à la cocaïne, ça va être un feu d'artifice dans leurs têtes ! Il faut tirer du positif de toutes choses, hein ? Alors je me persuade que plonger dans les comptes du Macumba et les affaires annexes de Marco me permettront peut-être d'en savoir davantage, d'apprendre de l'un ou l'autre ce que Sandra ne voudra pas me dire. De toute façon, je suis compromis jusqu'au cou dans cette histoire qui me dépasse totalement. Après avoir reçu un missile sur la tronche, qu'est-ce qui peut m'arriver de pire ?

Je prends mon courage à deux mains et j'entreprends Marco :

– Maintenant que nous sommes associés, je pense que nous pouvons établir une relation de travail dans un esprit de confiance mutuelle et, puisque apparemment Sandra t'a briefé sur mon compte, il me paraît juste que j'en sache davantage sur le tien… ou plutôt les tiens, car je suppose que tu ne mélanges pas les torchons et les serviettes ?

Il me dévisage sans paraître comprendre où je veux en venir, ce qui me laisse un bref répit pour organiser mes pensées… et encaisser le fait que Sandra lui ait parlé de mes « antécédents ». Comme moi je ne lui ai encore rien dit, ça signifie qu'elle s'est renseignée de son côté. Auprès de qui ? De quelle façon ? À quel jeu joue-t-elle avec moi ?

– Pour être plus précis, je reprends, il y a d'un côté ton activité, disons « officielle », de gérant de boîte de nuit, de l'autre les revenus que tu tires de… ton commerce. Je suppose que les deux comptabilités ne se mélangent pas.

– C'est évident, opine Marco. Mon ancien comptable avait établi une sorte de caisse noire – moi je dirais plutôt « blanche » (petit rire) – qui a pas mal fonctionné, pendant un temps…

– Et qu'est-ce qui s'est passé ?

– Il a tapé dans la caisse.

Sur ces mots, il finit sa vodka cul sec avec un regard sinistre. Je devine le sort de son ancien comptable… Je suis vraiment en train de jouer avec le feu. La moindre erreur de ma part, ou le plus petit soupçon de trahison et… couic. Il n'y a jamais de seconde chance avec ce genre de bandit. Coincé entre un mafioso et les tueurs de Petrovski… Me voilà dans de beaux draps !

Bien qu'elle soit pétée, Sandra doit me trouver piteux, car elle vient s'asseoir près de moi sur l'accoudoir du fauteuil. Elle dépose un baiser sur mon front, puis sur mes lèvres. Je me laisse faire, bien que la dernière chose dont j'aie envie en ce moment, c'est qu'elle me drague.

– Mon pauvre Frank, tu m'as l'air un peu largué… Tout ça va trop vite pour toi, non ?

– C'est avec toi que je suis largué, Sandra. Je ne vois pas du tout à quoi tu joues avec moi. Tu en sais beaucoup plus que ce tu veux bien m'en dire, et je ne comprends pas pourquoi. C'est par pure perversion ? Le plaisir sadique de me voir tâtonner à l'aveuglette ? Ou peut-être que tu te fous carrément de ma gueule depuis le début ?

Le sourire un poil crispé de Sandra s'efface. Ses yeux verts brasillent.

– Pas du tout, Frank. Je te l'ai dit, jusqu'ici je n'avais pas assez confiance en toi. Tu peux comprendre que, quand je repense à ce qui m'est arrivé avec Petrovski, je sois un peu parano. Tu pourrais tout aussi bien être un de ses agents chargé de m'espionner, découvrir ce que je complote contre lui, si je détiens des preuves, tout ça…

– Mais enfin, Sandra, on m'a poursuivi, tiré dessus ! Mon appart a été cambriolé !

– Que tu dis. Ça peut être des salades destinées à me mettre en confiance. Bon, c'est vrai que je n'ai plus eu de nouvelles de Bruno. Aujourd'hui, c'est différent… La roquette qu'on s'est prise, là non, ce n'est pas du chiqué. Maintenant je crois ta version, celle du quidam égaré dans cette histoire par hasard. Mais avoue que, pour moi, ce n'était pas évident.

– C'est pourquoi tu t'es renseignée sur moi.

– En effet. Je voulais savoir qui tu étais vraiment.

– Et qui t'a donné toutes ces informations ? Sur ma détention, ses motifs, ma situation actuelle, tout ça ?

Le sourire de Sandra illumine de nouveau ses traits assez tirés, malgré les feux conjugués de la vodka et de la cocaïne.

– Quand on cherche, on trouve, Frank. Surtout dans le milieu où tu viens d'être introduit… Et dans ce milieu, on ne cite jamais ses sources. Ce que tu sais, c'est ton petit doigt qui te l'a dit. Et si ce que tu sais vaut de l'or, ce n'est même plus ton petit doigt, sinon tu risques de te le faire couper. *Capite* ?

– OK, ne cite pas tes sources. Mais au moins dis-moi ce que tu sais.

– À quel propos ?

À nouveau son air de gamine espiègle. Elle aurait quinze ans de moins, je lui flanquerais une tarte.

– Ne joue pas trop avec mes nerfs, Sandra. À propos de

Petrovski, bien sûr. De Bruno, de toi. Des relations entre vous trois. De ce que vous avez découvert de si chaud pour qu'on nous tire dessus à coup de bazooka… Bref, tout, quoi.

– Ça fait beaucoup, soupire-t-elle.

– Commence par le début…

– Bon. Je vais te parler de Bruno. Après tout, c'est lui qui est à l'origine de tout ça.

ÉNIGME 30

Elle porte la main à son front afin de rassembler ses pensées – sans doute un peu diluées par son mélange – et prend son souffle pour se lancer, quand une sonnerie retentit.

– De la visite, constate Marco. Étienne, tu vas voir ? (Le gorille se lève et sort du salon.) Vous attendiez quelqu'un ? nous demande-t-il à Sandra et moi, l'air soudain méfiant.

On secoue la tête ensemble.

– Moi non plus.

Aussitôt les bouteilles sont rassemblées par Vanessa, qui les emporte et quitte la pièce. Elle croise Étienne sur le seuil, qui affiche une expression plutôt soucieuse.

– Patron, c'est les flics…

Mon sang ne fait qu'un tour, et encore.

– Merde ! Il ne faut pas qu'ils me trouvent !

– Tu es en cavale ? s'étonne Marco.

– Ils pensent que j'ai tué Bruno. Tant que j'ai pas la preuve que non, ils vont me traquer. Est-ce que, par hasard, il y a un endroit où se cacher ici ?

La sonnerie se répète, plus impérieuse.

– Étienne, emmène Frank dans la planque. Moi je m'occupe des flics.

Cassius Clay me descend dans les caves de la boîte, anciennes et voûtées, aujourd'hui à l'abandon mais qui ont dû servir à bien des usages plus ou moins avouables. Il me conduit tout

ÉNIGME 30

Vous voyez trois faces seulement de ces dés, mais les faces cachées sont identiques à celles qui vous sont dévoilées. Si vous lancez tous les dés, en les laissant disposés dans cet ordre de haut en bas, vous pouvez obtenir 3 x 3 x 3 x 3 x 3 x 3 x 3 = 2 187 mots. Mais un seul existe ! En choisissant la bonne lettre parmi les trois sur chacun des cubes, formez le mot de sept lettres qui constituera votre indice.

au fond, où croupissent d'antiques tonneaux et des rangements à bouteilles voilés de poussière et de toiles d'araignées. Je songe avec un frisson que c'est un lieu idéal pour assassiner quelqu'un en toute tranquillité… Mais ce n'est pas la mission d'Étienne : il déplace un fût qui doit peser au bas mot deux cents kilos, puis un grand panneau en bois posé contre le mur, portant l'enseigne à demi effacée d'un négociant en vins. Derrière s'ouvre un passage voûté, fermé par une porte d'aspect nettement plus moderne, blindée, au cadre d'acier. Il compose un code sur un clavier fixé au mur : la porte s'ouvre avec un déclic. Il la pousse, allume, m'invite à entrer.

ÉNIGME 31

– Je reviens te chercher quand il n'y aura plus de danger, m'annonce-t-il avant de claquer la porte derrière moi.

J'entends de nouveau les raclements sourds du panneau et du tonneau remis en place. J'espère qu'il a dit vrai, qu'on ne va pas m'oublier dans ce trou... Comme dit Sandra, avoir des ennemis, ça rend parano.

Ce trou, en l'occurrence, est un petit studio muni de tout le confort : salle de bains, toilettes, kitchenette, chambre meublée et équipée d'une télé, d'un ordi et d'un téléphone. Un des murs est garni d'une bibliothèque recelant quelques livres, CD et DVD. Il s'agit bien d'une planque en effet : un endroit où disparaître de la circulation le temps que les choses se tassent… quelles que soient les « choses » en question. Ça a dû coûter un paquet de fric à aménager… J'imagine que ce n'est pas réservé à l'usage exclusif de Marco, ce qui conforte mon hypothèse mafieuse : tu me planques Machin qui est recherché, et en échange je te refile…

Ça, par exemple. Je découvre, dans un placard de la cuisine, neuf paquets enveloppés de film plastique, abondamment scotchés à l'adhésif d'emballage, dont j'estime le poids à un kilo chacun. Mazette… Vu ce qu'ils consomment là-haut au petit

ÉNIGME 31

Le code de la pièce secrète a changé.
Si Marco mettait un centime dans le tonneau le premier jour du mois, deux le lendemain, quatre le jour d'après et qu'il double ainsi la somme versée chaque jour, combien devrait-il verser le 29ᵉ jour ?
Heureusement pour lui, ce jour-là, un deal juteux de cocaïne lui rapporte 468 571,89 €. Quelle somme lui reste-t-il à débourser pour remplir le tonneau ?

Pour vérifier que vous ne vous êtes pas trompé, le nombre à trouver est constitué de neuf chiffres : les deux premiers sont ce que crient les voyous, quand les flics approchent... Ce nombre permet d'ouvrir la porte de la cache. Quel mot présent dans tout dictionnaire Étienne compose-t-il pour arriver au même résultat ?

déjeuner, je suppose que ce n'est pas de la farine à crêpes. Le fameux arrivage dont Sandra m'avait parlé, dont Bruno avait un échantillon sur lui ? Je n'ai pas idée du prix public de la cocaïne, mais bon, amusons-nous à une estimation grossière : mettons soixante euros le gramme, ça nous fait presque six cent mille euros, sans compter ce qui doit déjà circuler. En tant que nouveau comptable de Bruno, je vais devoir mettre tout cet argent à l'abri des regards indiscrets, ou le blanchir proprement via de tortueuses filières… Bon, on est loin du « trou » de trois cents millions de Global Exchange ou des cinq milliards de la Société Générale, mais quand même…

Je suis saisi d'un accès soudain de moralité, écœuré par toute cette industrie de mort – depuis le paysan colombien condamné à cultiver la coca jusqu'au junkie condamné à courir après sa dose, en passant par tous les vautours qui s'enrichissent entre les deux. Je me dis qu'il suffirait que je remonte tout ça de la cave et le déballe devant les flics là-haut pour que tous mes soucis disparaissent… Non, pas du tout. Ils ne feraient qu'augmenter au contraire. Je ferais tomber Marco, d'accord, mais j'aurais ses collègues de la mafia sur le dos. En plus des sbires de Petrovski. En plus des flics aussi, car ça ne me laverait pas du soupçon du meurtre de Bruno.

De toute façon, je suis coincé ici : Étienne a remis le décor en place.

Je passe les deux heures suivantes à me morfondre dans cette pièce confinée. Les bouquins sont essentiellement des séries et polars bas de gamme, les DVD des films d'action ou de cul, les CD des compils ou des copies sans titre, et je n'ai pas envie de mater la télé ni de surfer sur le Net. Par acquit de conscience, j'allume quand même l'ordi : comme je m'en doutais, hormis les programmes de base, il est totalement vide ; même l'historique de la navigation Internet a été effacé. Pas de traces… Je tourne en rond dans la chambre et dans mes pensées. Dire que

Sandra était enfin prête à me raconter des choses… À croire que c'est exprès, ma parole. Enfoirés de flics ! Ils ne pouvaient pas se pointer une heure plus tard ?

Enfin j'entends de nouveau les bruits du fût et du panneau remués derrière la porte : Étienne revient me chercher. Ouf, ils n'ont pas décidé de me laisser croupir ici.

– Qu'est-ce que les flics voulaient ? je lui demande, sitôt qu'il a ouvert la porte.

– Rapport à la bagnole qu'a pété. C'était pas très discret… Ils sont déjà venus pour enquêter sur la mort de l'autre…

Sûr. J'aurais dû m'y attendre, au lieu de paniquer. Enfin bon, on n'est jamais trop prudent.

– Et alors ? Qu'en ont-ils conclu ?

Étienne hausse les épaules.

– Un accident.

– Un accident ?!

J'ouvre des yeux ronds qu'il ne voit pas, car je le suis dans les caves humides et froides.

– Une fuite au réservoir, un truc comme ça. Un mégot jeté, et boum.

– Ils ont gobé ça ?

– Pas gratuitement.

J'ouvre la bouche pour demander des précisions, mais me ravise. D'abord parce que les escaliers sont raides et j'ai besoin de mon souffle, ensuite parce que j'essaie de traduire les choses en termes comptables : sous quelle ligne de débit devrais-je inscrire la corruption ?

Je retrouve la fine équipe exactement au même endroit, en train de se livrer à la même activité, comme si les deux heures que j'avais passées confiné au sous-sol étaient une sorte de parenthèse temporelle que j'avais été seul à subir.

– Ah, mon cher Frank ! s'écrie Marco en écartant les mains (dont l'une tient un verre à vodka et l'autre un tube à sniffer).

ÉNIGME 32

Formez des mots à partir des noms suivants auxquels vous ajouterez une lettre dans chaque cercle. Interdiction de conjuguer. Lisez les cercles grisés de haut en bas pour constituer le mot-indice.

M A ○ ○ R ● C ○ O ○
B R U ○ N O ●
○ M ○ ● O U E
L E S ○ ● ○ A G E
R ○ ● I P ○ O ○ U ○
● C A R ○ ○ T ○ ○ E

De retour parmi nous ! C'était inutile de te cacher, en fait : ce n'était qu'une enquête de routine.

– J'ai appris ça. (Je reprends moi aussi ma place dans le fauteuil club.) Elle vous a coûté cher, la thèse de l'accident ?

– Bah, une bagatelle, sourit-il. Les flics locaux sont de vieux amis ! Et les petits cadeaux entretiennent l'amitié, pas vrai ?

Sandra vient me rejoindre en reniflant, me tend un verre de vodka. On dirait qu'elle va exploser, tout comme la bagnole de Bruno. Vas-y mollo, Sandra. Surtout si c'est occasionnel, comme tu dis… Mais je ne te crois plus trop là-dessus. Ni sur le reste, d'ailleurs.

ÉNIGME 32

– J'en ai profité pour bavarder un peu avec eux, reprend Marco. Nous avons évoqué le cas de notre ami commun, Bruno Lesage, et de… ça.

Il me montre la carte d'agent des stups de Bruno que j'étais censé avoir dans mon blazer. Cet enfoiré me l'a piquée pendant que j'étais inconscient, après l'explosion.

– Tu leur as montré cette carte ? je m'ébahis.

– Bien sûr que non.

– Rends-la-moi !

– Elle ne te servira à rien.

– Explique.

– Ça fait deux mois que Lesage a été radié de la police. C'était un ripou, paraît-il. Mes amis locaux ne sont pas au courant de toute l'affaire, évidemment, puisqu'il s'agit des stups, mais comme ce sont eux qui ont lancé l'enquête sur sa mort – avant qu'on la leur retire –, ils ont quand même eu quelques échos. L'ordre de virer Bruno venait d'en haut, m'ont-ils dit. C'est quoi « en haut » d'après toi, Sandra ? Préfecture ? Direction générale ? Ministère ?

Elle affiche une moue dubitative.

– Moi, je pencherais pour le ministère.

Je la dévisage, sourcils froncés. Elle me rend un sourire enjôleur.

– Si tu m'expliquais, là ? Justement, tu voulais me parler de Bruno. Eh bien, je crois que le moment est venu, non ? Si on ne dérange personne, et si personne ne nous dérange…

Sandra soupire, adopte son air boudeur.

– Je n'ai plus la tête à ça, Frank. On peut remettre à plus tard, non ? Tu ne veux pas faire l'amour ?

Des claques, qu'elle mérite, cette gamine. Mais elle me plaît tellement…

***

À force de promesses et de cajoleries, je parviens peu à peu à lui soutirer les grandes lignes de la vie de Bruno Lesage, ou du moins ce qu'elle veut bien m'en dire.

Elle l'a donc rencontré quand elle était entraîneuse au Macumba. Il grenouillait plus ou moins dans le milieu de la prostitution, où il avait été introduit par un ami flic de la brigade des mœurs, disait-il. Ce qui l'intéressait, ce n'était pas le tapin de bas étage, mais les putes de luxe, familières des yachts et des palaces, qui se disent actrices ou top-modèles, qui se font payer cher juste pour qu'on les regarde, et qui drainent beaucoup de fric dans leur sillage. Bruno bossait déjà comme revendeur pour Marco, et grâce aux relations de ce dernier et à son carnet d'adresses personnel, il s'est vite rendu compte qu'il pouvait se faire pas mal d'argent dans ce milieu en fourguant pas seulement de la coke, mais aussi des filles.

C'est ainsi qu'il est devenu entremetteur, raflant au passage une part confortable de ce gâteau tout pétillant de champagne et de poudre blanche. Peu à peu, Lesage est devenu un contact recherché, ce qui lui a permis de grimper au sein de la jet-set et d'approcher le gros business, avec des clients de l'envergure de Petrovski. Ses ambitions enflaient en conséquence : il avait pris en photo le yacht qu'il rêvait de posséder, afin d'y organiser ses propres parties et d'y inviter le top du gratin du dessus du panier de crabes. Il rêvait d'orgies avec des présidents, des ministres, des patrons de multinationales. Il rêvait de contrats faramineux conclus à la ligne de coke sur les fesses de ses poules. Il rêvait d'un poste-clé dans l'ombre d'un homme de pouvoir – il rêvait de pouvoir, mais occulte. Il le répétait souvent à Sandra, fier de lui après la baise : « Il vaut mieux être celui qui tire les ficelles que la marionnette devant la scène. » Voilà ce qu'était Bruno, en somme : un arriviste assoiffé de fric et de pouvoir, qui avait établi son ascension sociale sur ces deux piliers incontournables du comportement humain : le cul et la défonce.

ÉNIGME 33

Maintenant, comment et pourquoi Lesage et Petrovski en sont venus à devenir ennemis, se détester au point que l'un voulait la mort politique de l'autre, et le second la mort tout court du premier ? Mystère. Bruno a monté son plan dans son

ÉNIGME 33

Dans chacune de ces figures,
tracez une ligne droite séparant les chiffres
en deux sous-ensembles dont la somme est identique
(par exemple, une diagonale au-dessus et en dessous
de laquelle le total des chiffres aboutit au même total, 25).
Sur le prolongement de la ligne tracée,
vous trouverez une lettre, extérieure à la figure.
Rassemblez les quatre lettres obtenues dans les quatre
petits jeux indépendants pour former le mot-indice.

	N	E	U	F
H	5	3	2	8
O	9	7	1	3
R	8	2	5	1
S	4	3	6	1

	S	A	N	G
E	5	2	2	3
C	3	1	1	2
I	2	1	5	2
L	1	4	2	1
O	6	3	4	7
P	2	1	8	6

P	6	8	3	5
R	2	8	1	6
E	5	3	7	8
	M	U	N	I

1
F 5 5 V
O 2 7 9 U
R 3 4 8 6
2 5 3 1 3
M I C A

ÉNIGME 34

Quel détail supplémentaire, en l'occurrence un verbe en cinq lettres à l'infinitif, peut-on ajouter derrière ces six séquences ?

DÉ☐☐☐☐☐	SOU☐☐☐☐☐
RE☐☐☐☐☐	CODÉ☐☐☐☐☐
MAIN☐☐☐☐☐	CON☐☐☐☐☐

Quand vous aurez trouvé ce verbe, conjuguez-le à l'imparfait de l'indicatif, à la troisième personne du singulier (il chantait, il venait, il finissait…) pour obtenir l'indice.

coin, sans en parler à personne, jusqu'à ce que Sandra se plaigne auprès de lui que Petrovski l'avait violée et que jamais, au grand jamais, pour tout l'or du monde elle ne s'approcherait de nouveau de « ce porc immonde ». Ce à quoi Bruno avait rétorqué qu'au contraire, il allait faire en sorte qu'elle le fréquente le plus possible.

Il lui a alors révélé qu'il préparait un dossier contre Petrovski, quelque chose d'assez explosif pour ruiner non seulement ses ambitions politiques, mais également sa carrière d'homme d'affaires et peut-être même l'envoyer en taule. Seulement il avait encore besoin de preuves, de détails supplémentaires, et c'est là où Sandra pouvait intervenir : dans une soirée bien organisée, on se détend, on se relâche, on se laisse aller à des confidences… ou bien on peut se trouver dans des situations potentiellement scandaleuses ou déshonorantes… « Bref, tu vois Sandra, si tu n'ouvres pas seulement tes cuisses mais aussi tes yeux et tes

ÉNIGME 34

oreilles, et que tu enregistres tout cela, tu seras récompensée et tu sais que je suis généreux… »

Au début, elle a cru que Bruno voulait ajouter le chantage aux cordes déjà bien ripoues de son arc, mais c'est alors qu'elle est tombée sur sa carte des stups. Du coup, elle a pensé qu'il cherchait à faire tomber Petrovski : c'était peut-être un gros ponte de la mafia, pour ce qu'elle en savait. Quoi qu'il en soit, elle a considéré que sa relation avec Bruno sentait vraiment le roussi, et a cherché à prendre ses distances. D'autant plus que le plan qu'il lui proposait la répugnait au plus haut point : comment faire semblant d'apprécier un type qui l'avait violée ?

Leurs rapports en étaient donc au point mort quand Bruno a repris contact avec elle : il voulait la revoir de toute urgence, il avait quelque chose à lui remettre, c'était très chaud pour lui et, si ça tournait mal, il n'y avait qu'à elle qu'il pouvait faire confiance. Sandra était tentée de ne pas donner suite, mais le ton de panique dans sa voix et cette espèce de supplique qu'il lui adressait l'ont touchée. Aussi a-t-elle accepté cet ultime rendez-vous, « au Macumba, comme à nos débuts ». Et voilà, je connaissais la suite…

Mouais. Je hoche la tête, dubitatif. Tout ça a l'air de se tenir. Je lui poserais bien deux, trois questions sur son viol, mais quand on remarque la façon dont elle élude le sujet et grimace dès qu'on l'évoque, ça doit être vrai sans doute, et fort pénible à évoquer. Quoi qu'il en soit, je n'en sais pas plus sur ce que Lesage a découvert contre Petrovski… et Sandra non plus, semble-t-il. Ou alors, c'est tellement lourd que ça frise le secret d'État, et en parler la réduirait aussitôt en cendres. On en revient toujours au contenu de cette foutue clé.

Je demande à Marco si, par hasard, parmi ses nombreuses relations, il ne connaîtrait pas un crack en informatique capable de percer le code d'une clé USB. Il me répond par une moue d'ignorance, en secouant lentement la tête.

– Mais je peux toujours me renseigner, promet-il.

L'après-midi tirant à sa fin, il nous pousse gentiment dehors en demandant à Étienne de nous raccompagner. Avant de nous quitter, il offre à Sandra un petit sachet de sa poudre à nez favorite et lui suggère que si elle est à court de boulot en ce moment, elle peut toujours retrouver sa place au Macumba… Quant à moi, il me met dans les mains dix mille euros en liasses de cent en me rappelant que c'est ma prime d'embauche et qu'il m'attend demain à 14 heures pour commencer à fourrer mon nez dans les comptes. Putain, j'avais oublié… Je suis désormais un comptable véreux au service d'un mafioso. Je considère tous ces billets dans mes mains : je serais tenté de les lui rendre, mais il risque de mal le prendre. Par ailleurs, le pécule que m'a laissé Bruno fond à vue d'œil, et ce qui reste de mes économies est réduit à une peau de chagrin…

J'empoche les billets, en me disant que je verrai plus tard comment me sortir de ce merdier-là. Mais je songe aussi que si j'en dépense un seul, cela revient à accepter le job. Et à la façon dont Sandra les a reluqués, je devine qu'elle a déjà imaginé une quinzaine de moyens de les claquer dès ce soir.

ÉNIGME 35

Car avec la quantité de coke qu'elle s'est enfilée, elle n'est pas près de dormir. La perspective de la soirée à venir a tendance à m'inquiéter. Je devrais peut-être en prendre aussi, pour être à la hauteur… Mon Dieu ! Que suis-je en train de devenir ?

ÉNIGME 35

Une quinzaine de mots a été supprimée de cette grille. Reconstruisez-la en utilisant quinze termes dans le champ sémantique de l'argent ou des moyens de le dépenser, comme les pierres précieuses...
Quand la grille sera complète, arrangez les quatre lettres (cases grises) pour trouver votre nouvel indice.

									■									■	U
A	L		R	S	■									■					
L	■		■	O	R	■	B	R	O	U	T	E	M	E	N	T	■	D	A
											■	R	A	G	E	■		E	■
M	A		C	H	■	I	L	■	G	■		Z	■	E	S	S		E	U
P	■									■		O	M	E	■				
S	E		■	O	P	E	C	■	S	T		■	A	N	A	■		■	L
E	R		G	N	E	■	A	S	■	O		E	R	■	S			L	A
S	E		L	E	■	M	U	N	I	C		■	I	L	I			■	N
T	■		A	■						■				■	A			E	■
E	P		I	L	O	N	■	B	■	P		■	E	N	T			R	E
■	A		R	E	■								■	P	E			I	F
A	N	■	E	■	C	H	U	■	A	L		X	I	A	■		■	N	F
E	N	T	E	R	R	E	E	S	■	O	■	A	N	■	C		L	E	E
R	E	U	S	S	I	S	■											■	T

TUEURS À DOMICILE

En arrivant, j'ai la bonne idée d'inviter Étienne à monter boire un dernier verre. Sur le coup, j'ignore que c'est une bonne idée, je veux juste retarder le moment où Sandra va me sauter dessus. Car je n'ai guère la tête à ça, trop pleine de tous ces problèmes, encore un peu secouée par l'explosion, et de plus mes brûlures recommencent à me lancer. Sandra, elle, brûle d'un autre feu : elle se frotte contre moi dans l'ascenseur, tout en m'abreuvant de reproches :

– Pourquoi as-tu invité ce gros balourd d'Étienne ? Nous n'avons vraiment pas besoin de lui ! Ou bien tu veux faire un truc spécial, à trois ?

– Pas du tout. C'est juste histoire de le remercier de nous avoir sauvé la vie.

– Mais tu lui as déjà dit merci… glousse-t-elle en pressant sa cuisse entre les miennes.

Comme il pleut, Étienne nous a déposés devant chez Sandra avant de trouver une place où garer la Mercedes du patron. C'est pourquoi je laisse entrouverte la porte d'entrée, afin qu'il n'ait pas à sonner en arrivant derrière nous. Une deuxième bonne idée, sans le savoir.

Sandra retire son manteau mouillé dans l'entrée, je fais de même de mon blazer. Elle me précède dans le salon. Tout à coup, elle se fige sur le seuil en poussant un cri. Je me précipite à sa suite et suis stoppé à mon tour par la gueule noire d'un pistolet.

Le flingue est tenu par un mec vêtu de noir et portant des lunettes noires. Un clone de lui-même est assis dans le canapé, juste là où je me pose d'habitude. Cette fois ils n'ont pas forcé la porte… Comment sont-ils entrés ?

– Bonsoir les tourtereaux, dit l'homme au flingue. Alors, on a la vie dure, hein ?

– On veut juste une chose, ajoute l'autre en se levant. Vous savez quoi…

La lame d'un cran d'arrêt jaillit entre ses doigts.

ÉNIGME 36

Sandra est blême, elle tremble comme une feuille, mais sa peur se teinte d'une rage déterminée, je le vois à la lueur verte qui perce dans ses yeux.

– Elle n'est pas ici, réplique-t-elle entre ses dents serrées.

Ils parlent de la clé USB, bien sûr. On ne l'a pas laissée dans la chambre, connectée à l'ordi de Sandra ?

– Oh, vraiment ? persifle l'homme au couteau. Ça c'est bien dommage, ma beauté.

– C'est mignon chez toi, Sandra, reprend son collègue. On n'a rien cassé, rien dérangé, tu vois. Parce qu'on s'est dit que tu allais nous donner cette clé bien gentiment.

– Peut-être qu'elle l'a sur elle, suggère le premier avec un sourire torve. Je devrais vérifier…

– Vas-y. Toi, tu bouges pas.

Il braque son flingue sur moi, tandis que l'autre saute sur Sandra qu'il jette au sol et immobilise en un tournemain d'une clé dans le dos. Elle se met à crier, il la fait taire d'une grande claque. Puis à l'aide de son poignard, il entreprend de découper ses vêtements. Elle se débat, tente de résister, reçoit un second coup en guise de représailles. Moi je fulmine, je bous d'envie de me ruer sur ce tortionnaire, mais le gros pistolet noir braqué sur moi m'en dissuade. L'autre arrache les fringues de Sandra tout

ÉNIGME 36

Quelles fleurs ont disparu du premier bouquet ?
C'est votre indice.

Lys.

en la maintenant fermement au sol, indifférent à ses cris et coups de poings désordonnés. Elle se retrouve en sous-tif et string, dont il a vite fait de couper la mince lanière. Puis il commence à déboucler sa propre ceinture… Ce salaud va la violer.

C'est alors qu'une panthère noire bondit dans la pièce.

Elle s'abat sur l'homme au flingue qui n'a rien vu venir, le renverse, l'assomme ou le tue, je ne sais (j'entends un craquement), s'empare du pistolet qu'elle braque aussitôt sur le violeur.

– Lâche-la. Et lâche ton couteau, ordonne Étienne.

Car c'est lui, évidemment. Combattant aguerri, l'autre sait jauger un adversaire et estimer qu'il ne fait pas le poids. Il pose son couteau sur le tapis et se retire de Sandra presque à regret. Celle-ci se met aussitôt hors de portée, paniquée.

ÉNIGME 37

– Tue-le, Étienne ! Tue-le !

– Pas tout de suite. Il a des choses à nous dire.

– Certainement pas, grogne le sbire.

J'ai alors un geste un peu mesquin : je lui balance un grand coup de tatane dans les côtes. Pour ce qu'il a fait – et s'apprêtait à faire – à Sandra. Ça le casse en deux et lui coupe le souffle. Là aussi, j'entends un craquement.

– Oh si, tu vas causer, je mugis. Hein, Étienne, qu'il va causer ?

– Sûr. Désarme-le, Frank.

Je le fouille, tout en faisant gaffe à ne pas couper la ligne de mire du pistolet. Adossé contre le canapé, il a une respiration sifflante, affiche un rictus de souffrance : probable que je lui ai cassé une côte. Bien fait. Je le déleste de son flingue, de son portable et de son portefeuille. Un rapide coup d'œil à sa carte d'identité ne m'apprend rien : un exécutant, un second couteau.

Je donne son flingue à Étienne, qui l'arme et me le rend.

– S'il fait un seul geste, tu lui tires dans les jambes. Ok ?

ÉNIGME 37

Sur chacune des balances, il y a dix boules-lettres. Neuf font le même poids et la dernière est plus légère qu'elles. Sélectionnez la boule qui ne fait pas le poids pour reconstituer le mot-indice de quatre lettres, dans l'ordre des balances.

– Pas de problème.

Je déglutis, et ma main est plutôt moite autour de la crosse de l'arme, que je trouve bien lourde. Mais ma volonté est sans faille. Le mercenaire doit bien le voir, car il se tient à carreau. Son collègue demeure inerte, là où Étienne l'a terrassé. Voyant la situation sous contrôle, Sandra s'éclipse vers la salle de bains, emportant ce qui reste de ses habits.

Étienne ramasse le cran d'arrêt du gars, s'agenouille à ses côtés, ôte ses lunettes de soleil, lui redresse la tête en lui bloquant le cou de la main et appuie la pointe de la lame sous son œil droit.

– C'est très simple, mec : tu réponds clair et franc aux

questions de Frank. Si je sens que tu hésites ou si j'ai l'impression que tu mens, je te fais sauter l'œil. Pigé ?

L'homme de main indique d'un clignement de paupières qu'il a compris. J'attaque :

– Pour qui travailles-tu ? Qui t'a ordonné de nous tuer ?

– Euh…

La pression de la lame s'accentue sur la paupière inférieure du gars, qui ferme l'œil et cherche à détourner la tête – mais la poigne d'Étienne sur son cou est en acier. L'autre émet un gargouillis, à moitié étranglé.

– Jean-François Bideau, dit-il précipitamment.

Étienne m'adresse un regard interrogateur. J'esquisse une moue étonnée. Jean-François Bideau… le patron de Global Exchange ? Celui grâce à qui j'ai fait trois ans de prison ? Qu'est-ce qu'il vient faire dans cette histoire ?

– C'est qui ce Bideau ? Il fait quoi ?

Ce n'est peut-être pas le même, bien que ça me paraisse peu probable…

– C'est mon patron.

Une estafilade sanglante apparaît sous l'œil droit du sbire.

– Il est P.-D.G. de SecuriCore, précise-t-il aussitôt. Une agence de sécurité qui emploie des vigiles et des gardes du corps.

Si c'est le Bideau que je connais, alors il a carrément changé de métier !

– C'est lui qui vous a chargés de nous descendre et de récupérer la clé USB ?

– Euh, oui… Ça fait partie des opérations spéciales.

– Pour le compte de qui, ces opérations spéciales ?

– J'en sais rien. L'identité du client ne nous est jamais communiquée dans ces cas-là.

Je veux bien l'admettre, bien que ce soit frustrant. J'essaie de tourner autour du pot :

– C'est qui, en général, les clients de SecuriCore ?

– Je peux pas le dire, c'est un secret prof… – aaaargh !

D'un geste vif et précis, Étienne vient de trancher un bout du lobe de l'oreille du sbire. Il y porte la main, le sang coule en abondance entre ses doigts, dans son cou et sur son épaule.

– Mauvaise réponse, commente Étienne. T'as une seconde chance.

– C'est, c'est plein de gens, je peux pas détailler comme ça… Putain, ça fait mal… Des people, des politiciens, des grands patrons…

– Petrovski, ça te dit quelque chose ?

– Ouais… On a déjà bossé pour lui.

– Quand ?

– Je sais pas… Plusieurs fois…

– C'était quand, la dernière fois ?

– Deux, trois mois…

– C'était une opération spéciale ?

– Non, normale : un déplacement en Italie. Il avait plusieurs réunions avec des gros pontes. Fallait juste assurer la sécurité des personnes.

Je me rends compte que même si Étienne taille tout ce qui dépasse, je n'en saurai guère davantage. Comme j'ai dit, il n'est qu'un exécutant, évidemment pas mis dans le secret des affaires : tu protèges Untel, tu assassines Untel, tu touches ta prime et tu fermes ta gueule. Une dernière question, toutefois :

– C'est vous qui avez tué Bruno Lesage ?

– Connais pas… Aïïïïeee !

Une autre estafilade, à la tempe cette fois, juste à côté de l'œil. Du sang lui coule dedans, il ne peut plus le garder ouvert.

– Mauvaise réponse, répète Étienne. T'as plus droit à l'erreur.

– Ouais, c'est nous… Fallait récupérer cette putain de clé USB.

– Tu sais ce qu'il y a dedans ?

Le type hésite, posant sur le grand Noir un regard inquiet de son œil ouvert, avant de répondre avec circonspection :

– Je l'ignore, je le jure ! Bideau doit le savoir, lui… En tout cas, il prend ça à cœur. J'étais sûr que c'était une mauvaise idée de venir ici, mais il nous a envoyés quand même.

– File-moi les coordonnées de ce Bideau.

– Dans mon portable… sous le nom « patron ».

ÉNIGME 38

Étienne se relève et braque de nouveau le type avec son flingue pendant que je cherche dans son téléphone. J'y trouve en effet l'entrée « patron » avec deux numéros, un de fixe et un de mobile. Je les note sur un bout de papier.

– T'as d'autres questions ? me demande Étienne.

– Mmmh… Non, je crois qu'on a fait le tour de ce qu'il sait. Qu'est-ce qu'on va faire d'eux ?

Je serais assez tenté de les livrer à la police, en tant que meurtriers avoués de Bruno Lesage, mais Étienne a une autre idée :

– On les laisse partir. Pour qu'ils disent à leur patron qu'ils sont des nazes et qu'ils ont échoué une fois de plus. À mon avis on les reverra pas de sitôt.

Réflexion faite, j'opine. Car rien ne me dit que je serai tiré d'affaire en livrant ces deux gusses aux flics. Eux ne vont pas les torturer pour qu'ils parlent, et leur agence a sûrement de très bons avocats. Du genre Michelet, par exemple.

Étienne s'écarte d'un pas.

– Allez, tire-toi. Et emmène ton copain.

Le type considère son collègue en vrac par terre avec une grimace. Il pose une main sur sa poitrine, qui émet un sifflement inquiétant.

– Je peux pas… J'ai du mal à respirer…

– Tu te démerdes, mec. Casse-toi, j'ai dit !

Sous la menace du flingue, le sbire attrape son collègue par les poignets et le tire au-dehors. L'horrible grimace qui déforme ses traits ensanglantés traduit l'étendue de sa douleur. Étienne referme la porte sur eux en tirant tous les verrous.

ÉNIGME 38

Les deux numéros du patron sont les suivants :

01 79 46 49 91
06 62 45 09 86

Additionnez-les, divisez le total par 21, puis enlevez 1 et divisez à nouveau par 439. Multipliez le résultat par 8.
Vous obtenez un nombre à six chiffres.

Avec la correspondance chiffres-lettres suivante, trouvez le seul mot du dictionnaire auquel ce nombre peut correspondre.

Indice : Ayez du « nez ».

Correspondance

0	1	2	3	4	5	6	7	8	9
F	O	C	I	L	A	M	G	Y	D
R	N	E	B	P	U	S	T	X	V

– Eh bien voilà ! fait-il en se frottant les mains, de retour dans le salon. Tu m'avais pas proposé un verre, Frank ?

Finalement, il est plein de ressources, cet Étienne.

– Euh, ouais… Qu'est-ce tu veux ?

– Un rhum, s'il y a.

J'inspecte le bar : il y a. Je lui en sers un petit verre. Quant à moi, je préfère m'abstenir. Sandra refait irruption à ce moment-là, fraîche et maquillée, portant de nouveaux vêtements. Le message est clair : « on ne va pas rester à la maison à jouer au Scrabble ». Elle constate l'absence des deux escogriffes. Quelques taches de sang parsèment le tapis et l'angle du canapé.

– Vous les avez laissés partir ? s'étonne-t-elle, presque fâchée.

– Tu voulais qu'on en fasse quoi ? Qu'on les mette au frigo ?

ÉNIGME 39

– Une règle à savoir dans un cas comme ça, commente Étienne : première semonce, on égratigne un brin les gars, on les laisse repartir ; deuxième semonce, on envoie leur tête à leur patron ; troisième semonce, c'est le patron qui saute.

– Alors là, c'était juste la première semonce ? (Sandra esquisse une moue dégoûtée.) J'aurais franchement préféré les savoir morts.

Tiens, tiens… et pourquoi donc ? D'ailleurs, pour quelle raison n'ont-ils pas tout saccagé chez elle comme chez moi ? À ce propos…

– Sandra, la clé USB n'était pas restée ici ?

– Non, je l'avais dans mon sac, que j'ai posé dans l'entrée. Heureusement qu'ils n'y ont pas pensé !

En parlant de clé, me revient soudain à l'esprit une question que je voulais poser au mercenaire, et qui m'a échappée. Quel idiot ! Mais peut-être que Sandra connaît la réponse :

– Et la clé de chez toi ? Tu l'avais laissée dans la serrure ?

– Quoi ?

– Ils sont entrés comment, d'après toi ? Sans forcer la porte ni péter une fenêtre ?

Elle ouvre des yeux ronds, comme si ça lui venait tout à coup à l'esprit.

– Je n'en ai pas la moindre idée.

Là, j'aimerais bien posséder le sang-froid et l'implacabilité d'Étienne, et pointer à mon tour un couteau sous l'œil droit de Sandra.

Car c'est clair qu'elle ment.

***

D'un commun accord, nous décidons de retourner au Macumba, afin d'y mettre la clé en sûreté, d'une part, et, de l'autre, d'y passer la soirée, voire plus si Marco est d'accord.

ÉNIGME 39

Ma première semonce peut être de souris, de mémoire ou même de balle !

Ma deuxième semonce est une requête en trois exemplaires adressée parfois à un gentil génie.

Ma troisième semonce se déguste au beurre noir mais elle a une sale gueule.

Et mon tout est une forme conjuguée constituant votre nouvel indice.

Car rester chez Sandra, ça craint maintenant : si les deux trompe-la-mort ont été mis hors course (merci encore, Étienne), Bideau peut en envoyer d'autres, plus méchants et plus expérimentés, et Étienne ne va pas monter la garde toute la nuit devant la porte, il a son job de videur à assurer.

C'est lui qui appelle Marco, et se fait tout d'abord copieusement engueuler : apparemment, au mot « problème », Marco a cru qu'il avait cassé sa Mercedes. Mais Étienne sait aussi être diplomate (un bon videur ne cogne qu'en dernier ressort) et il arrange rapidement le coup. Il range son portable avec un sourire.

– Voilà. Une table vous est réservée, ainsi que la meilleure vodka bison du patron. Pour la suite, vous verrez sur place. Bon, moi, faut que j'y aille. J'ai la soirée à préparer. (Captant mon regard interrogatif – qu'est-ce qu'un videur peut bien avoir à préparer ? – il ajoute avec un clin d'œil :) C'est moi qui fais les cocktails… J'accueille les clients, ils se bourrent la gueule, et je les vire quand ils se mettent à déconner. Comme ça la boucle est bouclée.

Il éclate d'un gros rire rauque, qui dévoile une bouche pleine de dents ultra-blanches. Puis il finit son verre et s'apprête à prendre congé.

– Étienne, attends ! (Il me vient une idée.) Sandra, tu peux lui donner ta clé ?

– Ma clé ? (Elle papillote des paupières).

– La clé USB. J'ignore ce que nous allons faire maintenant, mais je n'ai pas envie de la garder sur nous. Étienne va la mettre à l'abri. Tu es d'accord ?

– Pas de problème.

Je me rends compte que, de toutes les personnes que j'ai rencontrées ces derniers temps, il est la seule en qui j'ai relativement confiance.

– Ça ne me plaît pas trop que cette clé soit loin de toi, grimace Sandra. C'est la tienne après tout.

– Comment ça, c'est la mienne ?

– Euh, je veux dire, bafouille-t-elle, c'est toi qui l'as trouvée, donc elle t'appartient autant qu'à moi…

Je fronce les sourcils. C'est quoi, ces nouvelles salades ?

– Elle était pour qui, cette clé ? Pour toi ou pour moi ?

– Pour moi. Mais comme tu veux m'aider à l'ouvrir…

– Bien sûr. Allez, donne-la-lui, Sandra.

Elle obéit à contrecœur, affichant sa mine boudeuse. Étienne empoche la clé, lui tape la bise (sur la joue), me serre la pogne (aïe, mes brûlures) et s'éclipse. On reste tous les deux dans l'entrée, Sandra et moi, un peu en chiens de faïence.

– Tu as encore des choses à me dire, ma loute.

– Oui : je meurs de faim. Tu m'invites au resto ?

Bonne idée. Moi aussi j'ai l'estomac dans les talons : il est bien loin le petit déj en peignoir… De plus, être assis devant une bonne table, ça peut inciter aux confidences.

J'appelle un taxi, et Sandra nous emmène dans un de ces restos ultra-chic que je ne connais pas, n'ayant jamais eu les moyens pour ce genre d'endroits. Il n'y a pas de menu, juste une carte pleine de noms poétiques, avec des prix qui le sont beaucoup moins. Quant aux boissons, la moindre bouteille de vin (grand cru millésimé, bien sûr) coûte plus cher qu'une caisse de ma vodka bison favorite. Sandra, elle, n'a sûrement jamais rien payé dans ce genre d'endroit, aussi commande-t-elle avec une frivolité qui frise l'indécence. Mais je m'en fous : après tout, les dix mille euros que m'a donnés Marco ne sont pas vraiment à moi – du moins pas honnêtement à moi. C'est l'argent de la drogue, du trafic. Du fric illégal. Je comprends maintenant pourquoi les truands claquent leur blé avec autant de désinvolture : ce pognon-là, comme tu n'as pas trimé dur pour le gagner, c'est comme s'il te brûlait les doigts. Ça doit faire pareil aux gagnants du Loto, j'imagine.

Quoi qu'il en soit, nous nous régalons et nous faisons servir comme des princes, mais je réalise que finalement, ce n'est pas le lieu le plus intime pour parler de ce qui me turlupine. Il y a toujours une oreille de larbin à proximité, prêt à changer nos assiettes ou remplir nos verres vides ; et tous ces gens classieux aux tables alentour, où les conversations s'élèvent rarement au-dessus du murmure, peuvent être aussi bien des amis ou connaissances de Petrovski, qui nous espionnent peut-être… Oui, vraiment, ça rend parano d'avoir des ennemis.

Notre conversation tourne donc autour de futilités, et elle est plutôt sporadique. Sandra redescend de sa défonce à la coke, ce qui la rend plutôt morose. Moi j'ai la tête trop pleine de questions pour en débrouiller efficacement l'écheveau. L'une d'elles surnage cependant, faisant des ronds insistants dans mon cerveau : ce satané Bideau est-il le même qui m'a envoyé en taule ? D'où est-ce que je connais son numéro ?

Je l'ai peut-être vu dans le portable de Bruno ? Je l'ai gardé sur moi. Je le sors, ouvre le répertoire, le parcours en comparant avec les deux numéros de Bideau que j'ai notés...

L'entrée nommée « Petrovski » correspond au numéro de portable de Bideau. Des connexions s'établissent dans mon esprit. En fait, pour son (ou ses) business, Lesage n'était pas en contact direct avec Petrovski – bien trop risqué – mais avec Bideau. Lequel doit bosser pour Petrovski bien davantage que ce que son nervi m'a laissé croire : si les plans « meurtre », c'est lui, alors pourquoi pas aussi les plans « coke » et « filles » ? Un personnage intéressant, ce Bideau. Aurait-il été promu par Petrovski, après avoir brillamment réglé l'affaire Global Exchange ?

– Tu veux appeler quelqu'un ? me demande Sandra.

– Ouais, tiens, pourquoi pas...

Saisi d'une impulsion, je compose le numéro. Après tout, ça a produit son petit effet, quand j'ai fait le coup à Michelet... Ça décroche au bout de quatre sonneries.

– Qui êtes-vous ?

Ni allô ni bonsoir, rien : il se méfie. J'improvise :

– Monsieur Bideau ? Je suis un ami de Bruno Lesage et je voudrais...

– Je ne connais pas de Bruno Lesage.

Il coupe. Cependant j'ai reconnu sa voix. Une voix très typique – comme si on lui avait greffé des cordes vocales de petite fille, qui se seraient un peu détendues et sonneraient faux – que je n'ai entendue qu'une seule fois, à la télé. Il y a un peu plus de trois ans.

ÉNIGME 40

C'est bien le même Bideau, l'ex-P.-D.G. de Global Exchange reconverti dans la sécurité et les business illégaux, que je croise à nouveau sur ma route.

Le monde est petit, mais ce n'est sûrement pas un hasard.

ÉNIGME 40

Chaque ligne, chaque colonne et chaque petit carré 3 x 3 de cette grille doit contenir une et une seule fois chacune des neuf lettres A, C, E, I, N, O, P, S et X. Quand vous aurez terminé, relisez bien dans chaque direction et l'indice devrait vous apparaître plus clairement.

	I	A	X					
			S	E		A		
X						P		S
A			E					
	C						P	
					I			N
C		N						P
		P		I	O			
					X	E	S	

LA PLANQUE

Après ce luxueux dîner, qui fut, il faut bien le dire, mémorable d'un point de vue gastronomique, mais franchement peu gratifiant au niveau informations, nous retournons donc au Macumba.

C'est Étienne qui nous accueille. Il affiche un grand sourire et nous conduit lui-même à notre place de VIP, dans une de ces alcôves à la fois kitsch et discrètes, tout au fond de la boîte, dans un endroit où le volume sonore permet de tenir des conversations normales, telles que traiter des affaires en tout genre ou faire boire un micheton.

À ce propos, si Sandra y était entraîneuse, ce « service » a depuis été rayé de la carte, car je n'ai rien vu de ce genre l'autre soir… Mais je dois reconnaître qu'elle a pas mal accaparé mon attention.

Je découvre qu'une bouteille de vodka bison nous attend. Elle trône sur la table, blottie dans son seau à glace avec son cache-col en serviette, accompagnée de trois verres, de rondelles de citron, d'une rose noire parfumée et des compliments du patron.

Trois verres... J'en déduis – assez désappointé – que Marco a l'intention de se joindre à nous. Ce n'est pas encore ce soir que j'atteindrai le fond abyssal des tortueuses pensées de Sandra…

ÉNIGME 41

Je vais essayer néanmoins. Pour l'instant, elle est partie aux toilettes « se repoudrer le nez », et il paraît que la cocaïne, ça rend bavard. De plus, j'ai commencé à la chauffer, dans le taxi qui nous a amenés au Macumba, en la branchant sur Jean-François Bideau. Je n'en ai pas tiré grand-chose : elle ne l'a vu qu'une ou deux fois et ne cherche pas du tout à le connaître davantage, car elle le sent fourbe et cruel. Ça ne l'étonne guère qu'il dirige une agence de sécurité qui peut se muer à l'occasion en officine d'assassins. Oui, c'était bien avec lui que Bruno traitait si Petrovski ou ses amis désiraient organiser une soirée, mais il ne le portait pas plus que ça dans son cœur. Sandra a le sentiment que Bruno voyait Bideau comme un rival, qu'il briguait plus ou moins sa place. Ouais… Ça peut donner un mobile supplémentaire de le descendre : dans ce milieu, on n'a pas de pitié pour celui qui veut être calife à la place du calife.

Je commence à cerner un peu mieux le parcours de ce vieil ennemi, vu qu'il est responsable en dernier ressort de mes trois années de taule. Bossait-il déjà pour Petrovski à l'époque ? Se connaissaient-ils ? Sans doute, vu que Global Exchange était client de Zach Brothers Consulting, qui appartenait à Petrovski… et qui a fort opportunément « avalé » mon cabinet, Laroche Audit, au moment de l'affaire. Et trois ans après, voilà Bideau de retour, en vrai truand cette fois, sous couvert d'une agence de sécurité. Qu'est-ce qu'il me veut cette fois ?

Sandra revient rayonnante, moulée dans sa robe-fourreau émeraude que certains spots transpercent impudiquement. Bien des regards masculins – et aussi féminins – se retournent sur son passage. Mais c'est à moi qu'elle est ce soir, les gars, c'est pour moi qu'elle est si sexy – du moins je l'espère. Elle revient s'asseoir contre moi en se déhanchant un peu exagérément, je trouve. Estimant que je n'ai pas à attendre Marco, je sors la vodka de la glace et nous sers un petit verre.

ÉNIGME 41

Notre cocktail contient lui aussi de la poudre, en six lettres, ou de la dope, en quatre. Mais avec les neuf lettres, utilisées une et une seule fois chacune, vous pouvez former un mot qui constitue votre nouvel indice.

Elle se tortille, un doigt glissé entre ses dents nacrées, dans une attitude très aguicheuse. Mon portable se met à sonner pile à ce moment, évidemment.

– Allô, patron ?

C'est la voix d'Étienne, bien reconnaissable. Je ne me rappelle pas lui avoir donné mon numéro…

– Non, Étienne, tu te trompes, là c'est Frank.

– Patron, reprend-il comme s'il ne m'avait pas entendu, j'ai quatre flics de l'Anti-gang à la porte, ils veulent entrer, ils disent qu'ils cherchent quelqu'un…

– Merde !

Je coupe sans attendre sa réponse, saisis Sandra par le bras, la force à se lever.

– Eh ! Qu'est-ce qui se passe ?

– Des flics à la porte. L'Anti-gang. Faut qu'on se planque !

– Eh là, une seconde, moi je n'ai rien à voir avec ça…

Je l'entraîne à travers la salle et elle se laisse faire, réalisant sans doute qu'il vaut mieux se planquer avec moi plutôt que subir un interrogatoire. Nous atteignons une sortie privée, derrière la cabine du DJ, qui par chance n'est pas verrouillée. Elle mène aux salons particuliers et aux appartements de Marco, mais surtout permet de rejoindre les caves et la fameuse planque… que je n'escomptais pas revoir de sitôt.

– Qu'est-ce qui se passe ? répète Sandra.

Elle me suit tant bien que mal, perchée sur ses hauts talons, sur le sol pavé et grossièrement cimenté des caves. Bras serrés sur sa poitrine, elle frissonne dans sa robe trop légère, transpercée cette fois par l'humidité froide des lieux.

– Y' a la brigade Anti-gang à la porte de la boîte. C'est clair que c'est moi qu'ils cherchent…

Comment ont-ils su que j'étais là ? C' est une autre question, que je n'ai pas le temps d'élucider pour le moment. Parvenu dans la dernière cave, j'essaie de déplacer le tonneau qui masque l'entrée de la planque… Rien à faire. Sandra veut bien m'aider, mais elle a trop peur de salir ou déchirer sa jolie robe, aussi, ses efforts sont plutôt symboliques. Je me demande comment nous allons pouvoir entrer là-dedans. Je ne connais même pas le code de la porte ! Est-ce que j'ai bien interprété l'avertissement d'Étienne ? Où se planquer ailleurs dans cette boîte ? D'autant plus qu'il ne s'agit plus des flics locaux cette fois, qui se contentent d'un petit billet. Ceux-là vont fouiner.

L'écho d'un bruit de course nous parvient à travers les souterrains. Nous nous cachons comme nous pouvons derrière le tonneau et je me dis que c'est foutu – mais non, ce n'est qu'Étienne.

– Ah, t'es là, parfait ! Je vois que tu as compris.

– Encore merci, Étienne…

– Pas le temps. Ils rassemblent tout le monde sur la piste, là-haut.

Il bouge l'énorme tonneau comme s'il était en carton, déplace le panneau derrière, compose le code d'un doigt fébrile et nous pousse dans la planque. Je l'entends remettre rapidement le décor en place derrière la porte, puis ses pas décroître en courant. J'espère que les flics ne seront pas trop fouineurs, et ne vont pas remarquer que ce tonneau a été remué…

Sandra examine le petit studio d'un regard critique, tout comme je l'ai fait la première fois, inspectant la salle de bains, le frigo, les placards. Elle découvre elle aussi les paquets enrobés d'adhésif, en soupèse un, le remet en place sans commentaire, continue son exploration par la bibliothèque.

Affalé sur le lit, je la suis du regard, m'efforçant de dissiper le flot d'adrénaline qu'ont provoqué cette alerte et cette fuite précipitée. En même temps, je me demande qui a pu me balancer… Car j'ai été dénoncé, c'est sûr, pour qu'ils se pointent à peine dix minutes après notre arrivée. Par qui ? Marco ? Peu probable : l'Anti-gang dans sa boîte, c'est au moins une soirée

ÉNIGME 42

Le Macumba a ouvert 193 jours l'année dernière.
La recette moyenne enregistrée par le comptable, grâce aux ventes illégales de drogues, était de 124 459 €. Sachant que le propriétaire possède 13 clubs de ce genre depuis deux ans, que tous les clubs ont été inaugurés à la même date, ouvrent leurs portes les mêmes jours et apportent la même recette moyenne, combien d'euros ont déjà transité dans les clubs au total ?

Ce nombre est le code mural. En observant la correspondance chiffres-lettres, quel est le mot qu'Étienne compose pour se rappeler comment ouvrir la porte blindée ?

de foutue, voire une réputation qui s'effondre. Petrovski, ou son homme de main Bideau ? Renonçant à l'assassinat, ils se contenteraient de me renvoyer à l'ombre ? Sachant tout ce que je sais à présent ? Peu probable également. Ou alors…

Ou alors tout simplement, les flics ont diffusé mon signalement et un quidam m'a reconnu, tel le chauffeur du taxi ou un client du Macumba. Je n'ai guère eu le loisir de regarder la télé récemment, peut-être que mon portrait passe dans tous les JT ? À vérifier, tiens.

ÉNIGME 42

Je redresse la tête pour demander à Sandra de me passer la télécommande. Elle est en train de fouiller dans les DVD, soudain elle pousse un petit cri d'étonnement.

– Ça alors ! J'ai tourné dans celui-là ! Regarde, Frank…

Elle me tend le boîtier. C'est un film intitulé *Les Trois Petites Cochonnes*. Tout un programme… En effet, je la repère en pleine action sur les photos de la pochette, plus jeune de quelques années, voire carrément gamine, à la limite de l'âge légal. Escort-girl, entraîneuse, actrice porno… Elle aussi a plusieurs cordes à son arc.

– Alors tu fais également dans le cinéma ? je constate, en lui rendant son DVD.

– Je faisais, dans ma jeunesse… Enfin, entre dix-huit et vingt ans. Mais ça m'a vite lassée. Je n'aime pas avoir des scènes imposées avec des gens imposés. Et baiser devant une caméra, ça ne m'excite pas du tout. Mais si tu veux, on peut regarder… Ça me rappellera des souvenirs…

– Non merci. La télécommande, s'il te plaît.

– Oh toi, ce que tu peux être coincé des fois ! Tu n'as pas envie de me voir à dix-huit ans ? J'étais mignonne, tu sais…

– Je n'en doute pas, Sandra, mais je n'ai vraiment pas l'esprit à ça. Je te rappelle qu'il y a là-haut la brigade Anti-gang en train de fouiller la boîte et d'interroger tout le monde, et qu'on n'est pas…

– Et alors ? me coupe-t-elle. Est-ce qu'on doit rester blottis dans un coin à trembler comme des feuilles ? Tu comptais faire quoi en attendant, Frank ? Moi, en tout cas, j'ai envie de continuer à m'amuser. Dommage qu'on n'ait pas emporté la vodka, tiens.

Je m'apprête à lui expliquer que je comptais mettre ce temps à profit pour faire des recherches sur le Net et continuer à la questionner, mais je doute que ce soit le genre de réponse qui la motive. Elle se penche pour insérer le DVD dans le lecteur, chope la télécommande et vient s'allonger près de moi sur le lit.

Au début – pendant environ dix minutes – nous suivons à peu près le film, mais évidemment, ses talents ne me laissent pas de marbre (je ne parle pas de ses talents d'actrice). Elle non plus d'ailleurs. Nos mains se cherchent et se trouvent, nos vêtements sont un obstacle vite aboli, et bientôt nous ne prêtons plus qu'une attention très limitée à l'écran, la réalité étant mille fois plus prenante.

Au plus chaud de l'action, me vient la pensée ironique que, quelques mètres plus haut, les clients ne sont pas à la fête, emmerdés par les flics de l'Anti-gang qui ont forcément bousillé la soirée. Marco doit se demander s'il a bien fait de m'embaucher…

Comme si penser à eux les attirait, je perçois tout à coup des éclats de voix provenant de l'extérieur. Je me fige aussi sec. Ce qui n'est pas du goût de ma partenaire…

– Et bien quoi ? s'étonne Sandra. Qu'est-ce qui t'arrive ?

– Chut !

Je bondis hors du lit, éteins la lumière, la télé. Les voix se rapprochent. Je distingue celle de Marco, plutôt forte :

– Vous voyez bien qu'il n'y a rien ici ! Ce ne sont que de vieilles caves à l'abandon.

Des pas, d'autres voix. Plusieurs personnes. Un rai de lumière filtre sous la porte – ils doivent inspecter à l'aide de torches. Vont-ils découvrir que le tonneau a été déplacé ? Je retiens mon souffle, serrant fort Sandra contre moi.

– Frank, détends-toi, tu me fais mal, chuchote-t-elle.

Je réalise que j'ai croché mes doigts dans son épaule, lui laissant sûrement une marque. Je desserre ma prise et tends l'oreille. Des coups sourds : ils tapent sur le tonneau, peut-être pour vérifier qu'il ne contient pas quelque produit de contrebande…

– Je suis un exploitant honnête, monsieur l'inspecteur, et je n'ai rien à cacher, reprend la voix de Marco. Je distribue même des Alcootest à mes clients !

Le flic répond quelque chose que je ne comprends pas, puis enfin les voix et les pas s'éloignent… Un silence d'outre-tombe retombe dans les souterrains. J'exhale un gros soupir de soulagement. Sandra rallume la lumière et m'attire vers elle, moi qui suis encore tout mou et tremblant.

– Où en étions-nous ? susurre-t-elle d'un air gourmand.

Cette fille, rien ne l'arrête.

***

Nos ébats durent longtemps, au point que je crains qu'Étienne nous surprenne en revenant nous chercher. Or il ne vient pas, ce qui me lance parfois des pointes d'inquiétude : que se passe-t-il là-haut ? Tout le monde a été arrêté ? Marco a décidé de m'oublier ici en représailles ? Mais j'avoue qu'il est difficile, en l'instant, de réfléchir posément, puisque j'ai aussi fort à faire…

Quand enfin nous rendons les armes, moites et pantelants dans les draps chiffonnés, aucune nouvelle ne nous est parvenue de là-haut. Je serais presque tenté de téléphoner – si mon portable passe, ce qui n'est pas certain – mais je ne veux pas courir le risque d'aggraver une situation peut-être délicate… au

ÉNIGME 43

cas où Marco aurait disparu, embarqué par les flics, par exemple. Il a pu se produire n'importe quoi, ils ont peut-être trouvé de la coke, ou bien ils venaient pour tout autre chose, ou pour quelqu'un d'autre (ce dont je doute fort, quand même)… Quoi qu'il en soit, ce n'est pas normal que personne ne vienne nous délivrer.

Sandra s'endort comme un bébé rassasié, blottie contre ma poitrine, mais moi je ne parviens pas à trouver le sommeil, malgré l'épuisement qui me mouline tout le corps. C'est cette inquiétude qui me ronge, l'idée qu'on risque d'être coincés ici pendant des jours peut-être (et si les flics ont fait fermer la boîte ?), qu'on n'arrivera jamais à déplacer ce maudit tonneau, qu'il n'y a rien à se mettre sous la dent hormis des kilos de coke…

Favorisées par le calme et le silence, mes pensées se mettent à tourbillonner, agitées comme des feuilles mortes par le vent d'automne. Je songe à Lesage, à Bideau, à Petrovski, au jeu trouble de Sandra avec moi. Ce n'est plus le moment de la questionner, à l'évidence. Cette garce s'arrange toujours pour éluder cette conversation pourtant nécessaire. Si elle est aussi douée pour faire parler les gens, sûr qu'elle devait constituer une recrue de choix pour les plans de Lesage… Contre Petrovski ? Ou contre Bideau ? S'il s'agissait en fin de compte, comme Sandra l'a laissé entendre, d'une lutte de pouvoir pour la place de second dans l'ombre du grand chef, Petrovski n'a peut-être plus grand-chose à voir avec tout ça. Cet acharnement à nous descendre et récupérer la clé USB serait alors à l'initiative de Bideau seul… D'un autre côté, une fois le rival Lesage éliminé, pourquoi s'acharner justement contre nous ? Qu'est-ce qu'on a à voir là-dedans ? Moi, rien, mais Sandra… ? Elle m'a affirmé haïr Petrovski, mais est-ce vraiment à lui qu'elle en veut ? Comment savoir ?

Décidément, l'apparition de ce Bideau dans le tableau m'interroge. Le fait de savoir qu'il a été P.-D.G. de la boîte

ÉNIGME 43

Un objet a disparu entre les deux photographies.
Lequel ? C'est votre indice.

dont j'ai révélé les comptes falsifiés me chiffonne encore plus. Car si je sais qui il est, c'est sûrement réciproque : il sait que ce Frank Palomo que ses hommes n'arrivent pas à tuer est le même qui lui a créé des ennuis lors de l'audit financier de Global Exchange. Il sait que Sandra fut la poule favorite de Bruno Lesage, son ennemi mortel. Il sait que Lesage a monté un dossier compromettant, qui se trouve actuellement en ma possession (enfin, quand Étienne me l'aura rendu)… Qu'en déduit-il ?

Que nous sommes tous trois complices, bien sûr. Contre lui, éventuellement contre son patron. Il en déduit que dès ma sortie de prison, j'ai cherché à le faire payer, et que j'ai trouvé en Bruno et Sandra les partenaires idéaux pour accomplir ma vengeance. Donc…

Donc je n'ai pas été poursuivi par ses tueurs juste parce que je me trouvais au mauvais endroit au mauvais moment. Et Lesage ne m'est pas non plus tombé dessus par hasard.

Dès le début, c'est moi que Bideau visait.

Et Lesage ne l'ignorait pas, soit qu'il ait tenté de me protéger, soit au contraire qu'il ait voulu me compromettre, afin que je prenne le relais. Or, comment Lesage aurait-il eu connaissance de mon existence ? En fouillant le passé de Bideau afin d'étoffer son dossier, il est tombé sur l'affaire Global Exchange et sur mon nom… Si ça se trouve, ce n'était pas Sandra qu'il venait voir au Macumba, ce soir-là : c'était moi.

Dans ce cas… la rencontre entre Sandra et moi n'est pas fortuite non plus. Elle a pu être chargée par Bruno de me retenir, ou de me sonder…

Je me redresse dans le lit, tout excité, mon cerveau carburant à fond. Si tout ça se confirme, ça changerait totalement mon point de vue sur cette affaire… Ça pourrait même me donner une idée du contenu de la clé. Et de son mot de passe.

Dommage, vraiment dommage qu'Étienne ne me l'ait pas

rendue. Où l'aurait-il planquée ? Se pourrait-il que… Mais non, Sandra a aussi exploré les placards…

Je me lève malgré tout, et à la faible lumière émanant de la lampe de chevet, je refais une inspection minutieuse des placards de la cuisine. Mais, à part les paquets de coke, ils sont rigoureusement vides… Me hissant sur la pointe des pieds, je tâtonne sur les rayonnages du haut, avançant la main le plus possible… Mon majeur touche quelque chose.

Je vais chercher la chaise devant le bureau, grimpe dessus, tends de nouveau la main… Ça y est, je la tiens : c'est la fameuse clé USB. Étienne est très grand, il l'a planquée à sa hauteur, évidemment…

Je redescends, ramène la chaise devant le bureau en la cognant au passage – ce qui réveille Sandra.

– Qu'est-ce tu fais ? marmonne-t-elle, soulevant une tête chiffonnée aux yeux papillotants.

– Je m'amuse avec l'ordi. Rendors-toi, ma chérie.

Ce qu'elle fait derechef. J'allume l'ordi, attends fébrilement qu'il démarre, y insère la clé.

D'un doigt un peu tremblant, je tape le code auquel j'ai songé.

La clé s'ouvre avec un « ding » de bienvenue. Je suis trop fort ! Par contre, je ne suis pas au bout de mes emmerdements, me dis-je en découvrant le menu. Loin s'en faut.

L'HEURE DES COMPTES

Il n'est pas loin de midi, le lendemain, quand Étienne revient nous chercher. J'ai mal à la tête, l'estomac dans les talons et je tire une tronche de six pieds de long, bref, je suis à prendre avec des pincettes. J'ai eu terriblement peur qu'il soit arrivé quelque chose de grave au Macumba, qu'on soit coincés ici *ad vitam aeternam*. J'ai même voulu prendre le risque d'appeler avec mon portable, mais il ne passe pas, comme je le craignais. De plus, après nos galipettes avec Sandra, j'ai passé une bonne partie de la nuit à glaner des infos sur le Net, à propos de Bideau, Petrovski et Global Exchange.

Et j'en ai trouvé.

La clé, elle, ne m'a rien appris, elle a juste confirmé ce que j'avais deviné : c'est bien après moi qu'ils en ont. Lesage n'est qu'un passeur, à la rigueur un comploteur de second plan qui est tombé sur un os. Quant à Sandra… Eh bien, elle joue là-dedans un rôle assez trouble, que je n'ai pas encore bien cerné.

Elle, contrairement à moi, est plutôt en forme.

Dès le réveil, elle a compensé l'absence de café par une petite ligne, après quoi elle est allée se doucher. La voir passer nue devant moi, ses hanches ondulant comme pour une invite, me donnerait presque des idées, mais c'est mon corps qui dit non. Tant pis… J'allume la télé, voir si l'on parle de moi aux infos.

J'ai beau zapper, que dalle. Si j'y suis passé, ça a dû être assez rapide, peut-être seulement aux régionales…

Quand Étienne se pointe enfin, je suis en train de tourner en rond dans la pièce et fulminer tout seul, tandis que Sandra mate la télé, à plat ventre sur le lit, jambes croisées en l'air. Je m'apprête à lui gueuler après genre « tu n'es qu'un enfoiré, t'aurais pu venir plus tôt », mais sa tronche très King Kong me dissuade d'élever la voix.

– Alors, qu'est-ce qui s'est passé ? je demande, plutôt platement.

– Le patron t'expliquera. Je te préviens, il n'est pas content.

– Pas content comment ?

ÉNIGME 44

Je me souviens du flingue qu'il m'a collé sous le menton lors de notre rencontre. Je n'ai pas envie de recevoir le même accueil.

– Pas content du tout.

Marco me saute dessus dès qu'on se pointe dans le salon. Ce n'est pas son flingue qu'il agite sous mon nez, mais son cigarillo, dont il me souffle la fumée dans la figure. Sandra s'éclipse discrètement vers la cuisine en marmonnant : « Je vais faire du café. »

– Putain, Frank, espèce de connard ! postillonne-t-il. T'es pire qu'un bleu, t'es Mister La Poisse en personne ! Quand on a l'Anti-gang au cul, on ne va pas se montrer dans les restos chics, on ne se pavane pas en taxi dans les rues ! Elle est où ta tête, Frank ? Dans le cul de Sandra ?

– Mais je t'avais dit…

– Tu m'avais dit que t'étais recherché, mais pas par l'Anti-gang ! Non seulement ils ont foutu ma soirée en l'air et j'ai perdu un paquet de clients, mais en plus je suis tricard dans le business maintenant ! Je me suis fait remonter les bretelles au téléphone par le Boss en personne ! Si ça ne tenait qu'à moi, tu resterais enfermé dans cette turne en bas jusqu'à ce que ton nom s'efface des fichiers des flics !

ÉNIGME 44

Les nombres devant les définitions indiquent les cases de début et de fin du mot cherché. Après avoir rempli la grille, reportez en dessous les lettres trouvées dans les cases identiques pour former le mot-indice.

1-7. King-Kong ou bien garde du corps comme Étienne.
6-11. Nom de famille de Bruno.
9-13. Fonctionnaire subalterne de la police.
11-17. Envoyé au Père-Lachaise.
16-24. Quand il est « de comptes », il finit généralement mal.
21-26. Faire un faux témoignage.
24-28. Envoyas un pruneau.
26-32. Explique pourquoi il faut reprendre confiance.
31-39. Se dit d'un régime où aucun écart n'est toléré et où la prison est monnaie courante.
37-42. Fait le même bruit qu'un îlotier pour stopper un automobiliste en infraction.
41-44. Monte en l'air.

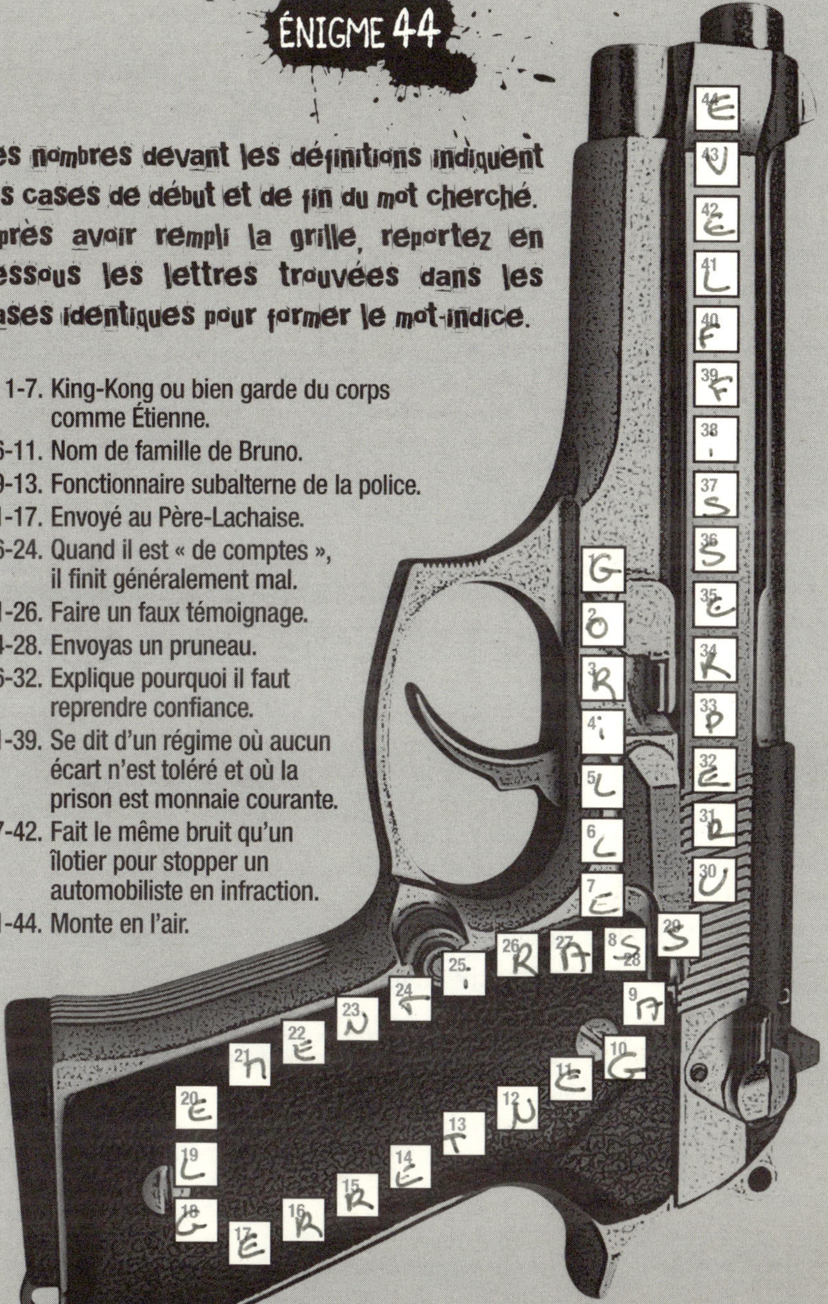

40 9 30 8 36 14 37   33 3 20 30 43 11 29

– Je suis désolé, Marco, si j'ai…

– Il est désolé le macaque ! Tu sais combien de fric et de réputation tu m'as fait perdre ? Tu vas me rembourser, mec. Tu vas pas sortir d'ici tant que tu m'auras pas intégralement remboursé.

– Je peux te rendre tes dix mille euros, enfin, plutôt neuf mille…

– Non, c'est ta prime d'embauche, tu la gardes. Mais tu vas te mettre au boulot dare-dare, et tu seras payé seulement quand je jugerai que t'as réglé ta dette.

– Minute, Marco, ce n'est pas très régulier, ça. Je veux une estimation du montant, au moins.

– Tu vas te taper ces putains de comptes, non ? Tu vois ce qui rentre dans une soirée normale, et tu compares avec celle d'hier. La différence, c'est ce que tu me dois. Et je te parle pas du préjudice moral !

– OK, patron. Je peux avoir un café avant de m'y mettre ?

– Il arrive justement, intervient Sandra qui se pointe avec un plateau garni de tasses fumantes. Vanessa nous a gardé des croissants…

Un sachet rebondi parmi les tasses réveille mon estomac qui s'était endormi dans mes talons. Sandra pose tout ça sur la table basse du salon.

– Elle est trop bonne, grommelle Marco. Moi je t'aurais mis au régime sec dans la piaule en bas : pas de café, pas de vodka, pas de Sandra.

Il s'éclipse sur ces mots, car son portable s'est mis à sonner. On s'installe devant notre petit déj qu'on dévore à belles dents, tout en se jetant de biais des regards à la fois complices et consternés, tels deux gamins pris à commettre une bêtise. C'est sûr, on a été un peu frivoles hier soir… En tout cas, Marco vient de me confirmer ce dont je me doutais : j'ai été dénoncé par un anonyme, peut-être au resto, ou bien par le taxi, ou carrément dans la boîte, bien qu'Étienne doive renifler les indics à un kilomètre… Quoi qu'il en soit, la « punition » de Marco ne me gêne pas vraiment : me plonger dans les comptes du Macumba va me permettre de vérifier certains détails des hypothèses que j'ai formulées durant cette nuit fébrile…

– Tu n'es pas très bavard ce matin, Frank, remarque Sandra.

– Toi non plus. Tu réfléchis à ton rapport ?

– Mon rapport ?

Elle me dévisage, un bout de croissant à mi-chemin de sa bouche.

– Oui, le rapport que tu vas transmettre à ton patron…

– Mon patron ?

Elle fronce les sourcils, repose le croissant entamé dans sa soucoupe.

– Oui, ton patron, Jean-François Bideau !

– Hein ? Mais de quoi parles-tu ?

Elle paraît sincèrement étonnée. Je trouve qu'elle joue très bien la comédie (mieux que dans *Les Trois Petites Cochonnes*) car je suis quasi certain d'avoir visé juste. Malheureusement, le retour de Marco m'empêche de lui asséner ses quatre vérités. Il affiche un air perplexe.

– Le Boss veut vous voir, annonce-t-il. Tous les deux. Là, y'a quelque chose qui m'échappe.

J'ouvre la bouche pour demander qui est le Boss, mais me ravise : Marco ne me le dira certainement pas.

– À quel moment ? je demande plutôt.

– Je sais pas, il envoie une bagnole vous chercher. Z'avez intérêt à pas bouger de là, les tourtereaux.

– Bon… En attendant, je peux jeter un œil aux comptes ? C'est pas pour m'y mettre tout de suite, si je dois être interrompu, c'est juste histoire de voir comment je vais organiser mon travail.

– OK, viens avec moi.

Je finis ma tasse et me lève.

– Sandra, pourrais-tu m'apporter un autre café ? Merci.

Marco m'emmène dans un bureau meublé de teck et de cuir et tout lambrissé d'acajou, confortable et chaleureux dans son style cabine de yacht. Il y a des armoires et casiers de rangement, des porte-classeurs, des bannettes débordant de papiers qui encombrent également tout le plan de travail, sur lequel trône un iMac flambant neuf, aussi design que le décor.

– Voilà, indique Marco d'un grand geste du bras. Depuis que mon précédent comptable est… parti, c'est le bordel. Au boulot, mec.

Il me laisse seul dans le bureau. Je ne m'installe pas tout de suite devant l'ordi, je ne commence pas non plus à mettre de l'ordre dans les factures et les rouleaux de tickets de caisse. Je vais plutôt fouiller dans les armoires et les casiers, à la recherche de dossiers plus anciens. Espérons que l'ancien comptable de Marco soit un homme ordonné…

ÉNIGME 45

Il l'était : tout est classé par année, avec un rayonnage spécial pour les bilans annuels. Je sors l'année qui correspond à mon incarcération, remonte aux mois précédents. Je sais à peu près où et comment chercher – il n'y a pas trente-six moyens de blanchir de l'argent : fausses factures, lignes de débit fictives, notes de frais gonflées, commandes fantômes…

Sandra se pointe avec un nouveau café.

– Je le pose où ?

– Où tu trouves de la place.

Elle repousse un tas de papiers, pose la tasse sur la surface maroquinée du bureau.

– Dis-moi Sandra, tu sais qui c'est, le Boss de Marco ?

Elle secoue la tête.

– Pas la moindre idée.

Je la fixe d'un regard suspicieux.

ÉNIGME 45

Le comptable a effectivement des dossiers dont le contenu ne doit certainement pas tomber entre toutes les mains. Six dossiers portent les titres suivants :

ALIBIS, COMPTA, FRAUDE, MŒURS, TOUBIB, YAKUSA.

Placez-les du plus ancien au plus récent dans le carré 6 x 6. Vous lirez dans la grande diagonale le mot-indice.

Le dossier ALIBIS a été ouvert il y a N ans.
Le dossier COMPTA a été ouvert il y a X ans.
Le dossier FRAUDE a été ouvert il y a P ans.
Le dossier MŒURS a été ouvert il y a T ans.
Le dossier TOUBIB a été ouvert il y a R ans.
Le dossier YAKUSA a été ouvert il y a D ans.

Pour trouver l'équivalence chiffrée des six lettres, reportez-vous au récit.

D est le nombre de bandits dans la cour, selon une hôtesse d'accueil.

N sort de la bouche de monsieur Michelet : « Cela fait déjà N minutes que je sonne en bas. »

P est le nombre de flics de l'Anti-gang qu'Étienne dit avoir à la porte.

R est l'heure de l'après-midi où il n'y a pas plus morne et désert qu'un parking de boîte de nuit.

T est le nombre d'années de mise à l'épreuve que Frank récolta lors de son procès.

X a été évoqué par Frank : « Elle aurait N ans de moins, je lui flanquerais une tarte. »

C	O	M	P	T	A
A	L	I	B	I	S
M	O	E	U	R	S
F	R	A	U	D	E
Y	A	K	U	S	A
T	O	U	B	I	B

– C'est vrai ? Tu savais quand même qu'il travaille pour la mafia ?

– Plus ou moins. Mais je ne veux pas m'en mêler. Quand tu côtoies ce milieu, moins tu en sais, mieux tu te portes.

– Je n'en doute pas. Mais dis-moi…

– Non, toi, dis-moi, me coupe-t-elle, soudain farouche. C'était quoi cette allusion foireuse à Bideau, tout à l'heure ?

– Plus tard, Sandra. Je bosse, là, tu vois.

Je lui montre le livre de comptes étalé devant moi sur la paperasse. Elle émet un ricanement.

– Tiens, c'est toi qui ne veux plus causer maintenant ?

– Écoute, Sandra, quoi que je te dise, quelle que soit la façon dont je m'y prends, tu me mens, me racontes des salades, me dis au mieux que la moitié de la vérité. Alors maintenant que je suis à deux doigts de la saisir, la vérité, je veux pas m'embrouiller de nouveau la tête avec toi. Je voulais juste que tu saches que je sais.

Elle me fusille d'un regard noir.

– Tu ne sais rien du tout, abruti !

Sur ces mots, elle sort du bureau en claquant la porte.

Je fixe un moment la porte close, me demandant qui de nous deux bluffe le plus en ce moment. Haussant les épaules, je me mets au travail, tout en savourant mon café.

Il me faut guère plus d'une heure pour localiser la fuite – ou plutôt, l'une des fuites : des commandes de rhum, importantes et fréquentes, auprès d'une société de distribution dont j'ai appris cette nuit qu'elle était une filiale de Global Exchange. Il me faudrait éplucher les comptes mois par mois, sur plusieurs années, pour avoir une estimation précise de la quantité de « rhum » commandé, mais rien que ce que j'ai sous les yeux suffirait à abreuver un régiment de légionnaires pendant plusieurs semaines. Voilà, noir sur blanc, l'un des multiples ruisseaux par lesquels Global Exchange dispatchait l'argent de la drogue. Évidemment, le Macumba est une bonne source. Mais il y en a bien d'autres. Or Global Exchange existe toujours – c'est aussi ce que j'ai découvert cette nuit. La société a simplement changé de nom, est désormais cotée en Bourse, comme c'était prévu avant que je vienne y mettre mon grain de sel.

Elle s'appelle World Trade & Shipping, traite essentiellement du commerce virtuel, et a été rachetée il y a deux ans par Overseas Investment… l'un des fleurons du groupe Petrovski.

Quand je vous disais que j'étais dans la mouise… Je les tiens, mais je suis entre leurs mains.

***

La voiture envoyée par le Boss se pointe environ une heure plus tard. Entre-temps, j'ai pu scanner les extraits de comptes frauduleux et les ai enregistrés dans la clé USB que je conserve précieusement sur moi. Une preuve supplémentaire… Je suis en train d'explorer l'iMac à la recherche d'autres indices compromettants quand Marco vient m'annoncer que nous sommes attendus, Sandra et moi. (J'ignore ce qu'elle a fait de son côté, je ne l'ai pas revue depuis son coup de gueule.)

– Alors, as-tu estimé le montant de ta dette ? demande Marco, me voyant penché sur l'ordi.

– Pas encore. Il faut vraiment que j'étudie précisément cette compta. Mais j'y travaille… Je te dirai ça ce soir, à mon retour.

– Si tu reviens ! ricane-t-il.

Sa remarque me suggère que notre visite à ce fameux Boss pourrait ne pas être des plus cordiales. Merde, je n'y avais même pas pensé ! C'est vrai qu'attirer la brigade Anti-gang dans une boîte tenue par la mafia et servant de plaque tournante à un trafic de cocaïne, ça peut être assez mal pris par le big boss, et je pourrais très bien finir coulé dans du béton au fond d'une rivière… Prudent, je préfère laisser la clé dans un tiroir du bureau.

Tout en suivant Marco, je tente de me rassurer en songeant que si le Boss envoie une voiture nous chercher, c'est qu'il a envie de nous connaître, de nous parler. Sinon, il aurait simplement chargé quelqu'un de nous descendre. Même Étienne aurait pu le faire.

Je retrouve Sandra au salon, collée par Étienne justement. Elle semble très nerveuse, voire anxieuse. Est aussi présent un type élégant, au look très stylé.

– Elle a essayé de se débiner, patron, annonce le videur, posant sa large paluche sur l'épaule de Sandra, qui tressaille.

ÉNIGME 46

– C'est pas bien, Sandra, la gronde Marco. On ne pose pas un lapin au Boss. Ça se fait pas, point barre.

Elle me lance un regard de pure détresse. Mais qu'y puis-je ma petite ? Il faut avoir le courage d'affronter son destin.

– Si vous voulez bien me suivre… invite le larbin.

Nous lui emboîtons le pas. Étienne nous accompagne, gardant un œil sur Sandra qui n'en mène pas large.

La voiture du Boss est une longue limousine noire aux vitres teintées anthracite, genre bagnole de star ou de président. Devant se tient un autre larbin aussi sélect que le premier. Mais je devine, au léger renflement sous leurs vestes Armani, que tous deux doivent manier le flingue aussi bien que le baisemain. Il nous ouvre la portière arrière avec une petite courbette, puis va s'installer au volant, son collègue à ses côtés. Nous voilà partis, en souplesse et en silence.

Je passe les dix premières minutes à m'émerveiller comme un gosse de tous les gadgets mis à ma disposition : minibar bien garni avec machine à expresso, écran plasma rabattable fixé au plafond, lecteur DVD Blu-Ray, station d'accueil pour portable avec imprimante intégrée, système audio 5.1, sièges en cuir multipositions transformables en couchettes…

ÉNIGME 46

Identifiez les six expressions animalières du type « poser un lapin » correspondant aux définitions. Inscrivez vos réponses sur les tirets (un tiret par lettre). Récupérez les six lettres cerclées pour trouver l'indice.

1. Faire avouer quelque chose à quelqu'un, à grand renfort de questions et de ruses. L'expression renvoie à des parasites « rinaires » très répandus au XVIIIe siècle, dont les personnes affectées avaient honte de parler à leur médecin…

TIRER LES VERS DU NEZ

2. Récompenser de belles paroles ou de promesses creuses. L'expression remonterait à Saint Louis qui aurait accordé à des saltimbanques le droit de passer un pont de Seine sans payer l'octroi, en échange de grimaces ou de numéros de leurs animaux…

PAYER EN MONNAIE DE SINGE

3. Le silence est tel qu'un bruit habituellement imperceptible deviendrait audible.

ON ENTENDRAIT UNE MOUCHE VOLER

4. Attendre longtemps debout, en ayant l'air un peu sot. Un ancien verbe construit sur le nom d'un oiseau échassier signifiait au XVIIe siècle « attendre ».

FAIRE LE PIED DE GRUE

5. Ne pas se laisser abattre, aller de l'avant en n'hésitant pas à se confronter éventuellement à la cause de ses soucis. L'expression provient d'une croyance populaire : une blessure peut être guérie en appliquant sur la plaie une partie de la fourrure de l'animal responsable.

REPRENDRE DU POIL DE LA BETE

6. Cette expression à l'origine médicale décrit l'aspect de la peau sous l'effet de la peur ou du froid.

AVOIR LA CHAIR DE POULE

Pendant ce temps, Sandra ne desserre pas les lèvres, assise contre la portière, à regarder défiler le paysage avec un air crispé.

– Qu'est-ce que tu as ? je l'entreprends. Tu m'as l'air inquiète.

– Je te l'ai dit, je n'aime pas avoir affaire à la mafia…

– Non, Sandra, c'est pas ça. Du moins pas seulement. Tu sais chez qui nous allons, n'est-ce pas ? Et ça t'ennuie. (Elle hausse les épaules sans répondre, tournant ostensiblement la tête vers l'extérieur. J'ajoute :) Ça t'emmerde aussi de me le dire. Qu'à cela ne tienne…

Je vais toquer à la vitre qui nous sépare du chauffeur et de son collègue. Ce dernier l'abaisse en pressant un bouton sur le tableau de bord.

– Monsieur désire ?

– Hum, c'est une question un peu idiote, mais comme personne n'a cru bon de nous informer, pouvez-vous me dire chez qui nous allons au juste ?

– Oh, on ne vous l'a pas dit ? J'en suis désolé, monsieur. Nous nous rendons chez monsieur Petrovski.

– Merci.

Tandis qu'il remonte la vitre, je retourne m'asseoir près de Sandra, écartant les mains avec un sourire.

– Eh bien voilà ! Suffisait de demander. À part ça, tu ne le connais pas, hein ?

– Lâche-moi, Frank, grogne Sandra.

Elle se rencogne contre la portière. Je la laisse tranquille, car je comprends maintenant pourquoi elle tire cette tronche : l'heure de la confrontation a sonné… la confrontation avec tous ses mensonges.

UNE BOTTE SECRÈTE

À l'issue de presque deux heures de route, déroulées dans un silence maussade qui ne s'est guère allégé par la musique (la bibliothèque mp3 de la limousine est impressionnante), nous pénétrons par un portail monumental en pierres de taille dans un vaste parc boisé soigneusement entretenu. L'allée de bitume rose qui le traverse nous mène à une espèce de manoir faux gothique, très kitsch, tout en tourelles et créneaux, fenêtres en ogives à meneaux, toits pointus d'ardoises brillantes. Un logis peu pratique à vivre, coûteux à chauffer et entretenir, mais qui, convenablement éclairé, en jette auprès d'invités lors d'une soirée. J'imagine bien des orgies là-dedans, arrosées de champagne et de cocaïne… D'après mes souvenirs, l'endroit pourrait correspondre au lieu cerclé sur la carte, quelque part en Touraine, que j'ai aperçu en fouillant la voiture de Bruno Lesage.

La limousine s'arrête sur le terre-plein gravillonné de blanc devant le large escalier de l'entrée. Le larbin nous ouvre la portière mais, à peine descendus, nous sommes assaillis par deux gorilles – enfin, « assaillis » n'est pas le mot : l'un invite poliment Sandra à montrer le contenu de son sac à main, l'autre nous passe un scanner sur le corps. Certainement pour s'assurer que nous ne sommes pas armés… Puis le domestique nous reprend en charge et nous guide parmi des allées fleuries vers l'arrière du château.

Car le Boss ne nous reçoit pas dans son manoir, mais sous une tonnelle à proximité d'une vaste piscine, abondamment garnie de chaises longues et canapés, et munie d'un bar. Étendu dans un transat, en tenue légère malgré la fraîcheur de l'air, il déguste un *long drink* tout en bidouillant sur son smartphone. Une accorte jeune femme en tenue encore plus légère se prélasse non loin sur un canapé. À notre arrivée, il pose aussitôt verre et smartphone sur une desserte et se lève tout souriant pour nous accueillir.

– Ah, ma chère Sandra ! Et monsieur Palomo, je présume… Bienvenue dans ma modeste demeure.

Petrovski est bien tel que je l'ai vu plusieurs fois à la télé ou sur le Net : gras, rougeaud, au sourire torve, aux cheveux rares mais gominés, très imbu de lui-même. L'archétype du bandit russe qui a placé ses pions et fait ses choux gras durant les fastes années Eltsine (enfin… fastes pour la mafia). Émigré par Poutine, il a transféré ses affaires en Europe de l'Ouest et, maintenant, à la tête d'un empire commercial et financier, il veut étendre son pouvoir en briguant une carrière politique… soutenu par plusieurs « amis » solidement implantés au sein de divers gouvernements. Là, en short et chemise hawaïenne, il a vraiment l'air d'un nabab d'opérette. Ne manque que le cigare.

ÉNIGME 47

Il congédie d'un geste la pulpeuse créature et nous invite à nous asseoir. Sandra ne semble pas ravie de le voir, bien qu'il lui ait donné du « ma chère Sandra ».

– Après toute cette route, vous devez avoir soif… (Il appelle d'un claquement de doigts le larbin demeuré discrètement dans l'ombre.) Joseph, sers donc mes invités. Qu'est-ce que vous prenez ? s'enquiert-il avec un très léger accent russe chantant, un peu affecté sans doute.

Voulant garder les idées claires, j'opte pour un tonic. Sandra veut une vodka bison avec du citron. Comme par hasard, il y en a.

ÉNIGME 47

**Les nombres devant les définitions indiquent les cases de début et de fin du mot cherché.
Après avoir rempli la grille, reportez les lettres trouvées dans les cases équivalentes pour former le mot-indice.**

1-4. Pays roi du cigare.
3-7. Anneau de papier décorant les barreaux de chaises.
5-12. Petite table ronde qui a parfois tendance à tourner.
10-16. C'est comme cela qu'on appelle le Parrain incarné par Marlon Brando.
13-18. Format d'un cigare : module, marque et ligada.
17-21. Tout ce que fait Petrovski ne l'est pas, loin de là.
19-28. Exercices acrobatiques prisés de Sandra et Frank.
26-34. Dans leur situation, nos deux héros auraient peut-être dû songer à rédiger le leur.
31-36. La meilleure façon de s'en sortir… ou de finir coulé dans le béton.
34-39. Quand il est d'élite, il rate rarement sa cible.
38-43. Ne tolérant aucun report.
40-46. Pas du tout comme les hommes de Bideau.

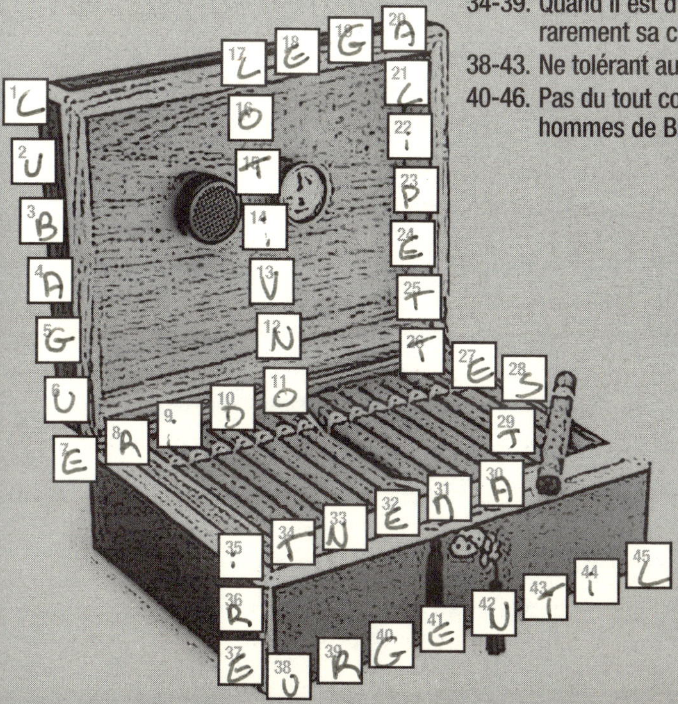

7 12 39 27 5 44 28 34 8 24 31 18 42 15

Une fois servis et installés, notre hôte commence sur un ton badin :

– Comment trouvez-vous mon petit chez-moi ? C'est charmant, n'est-ce pas ? L'intérieur est tout aussi délicieux, Sandra a pu maintes fois l'apprécier. N'est-ce pas ma chère ?

– Oui, Serge, lâche-t-elle du bout des lèvres.

Tiens, elle l'appelle Serge ? Et lui « ma chère Sandra » ? Pour un violeur et sa victime, leurs relations me paraissent plutôt conviviales…

– Bien, se rengorge-t-il. Venons-en au fait. Je suis très occupé, et je n'ai que peu de temps à vous consacrer.

– Pouvons-nous espérer que vous changerez de méthode ? je lance, en guise de coup de sonde.

Il me dévisage, bouche bée :

– À quoi faites-vous allusion ?

– Il y a eu un meurtre. Le saccage de mon appartement. L'attaque au lance-roquettes du Macumba… Vous êtes au courant, non ?

– Les tueurs de Bideau ont voulu me violer, intervient brusquement Sandra.

– Je l'ai appris en effet. Vous m'en voyez navré, ma chère. Bideau aura la sanction qu'il mérite. (Il tripote son double menton, comme plongé dans une réflexion.) Finalement, je me demande si je n'aurais pas mieux fait de miser sur votre ami, là, Bruno Lesage. Malgré sa casserole de policier corrompu et ses ambitions dépassant ses compétences…

– C'est trop tard.

– Oui, hélas… Bideau est parfois impulsif. Mais si vous aviez mieux travaillé, Sandra, rien de tout cela ne serait arrivé et nous aurions eu cette conversation dans un climat plus serein.

Nous y voilà. Ne perds pas le fil, Petrovski…

– Est-ce que Sandra travaille pour vous ? je lui demande, faisant l'étonné.

– Travaillait, plutôt. Je crains que cette jeune personne n'ait lâché l'affaire. J'ignore si elle s'est prise de béguin pour vous ou si elle a une raison particulière de m'en vouloir, mais l'indigence de son dernier rapport frisait la trahison.

– Un rapport qu'elle a remis récemment à votre avocat Michelet, n'est-ce pas ?

– Tout juste. Vous êtes perspicace, jeune homme.

– C'était Bruno que j'aimais, se renfrogne soudainement Sandra. Et vous l'avez tué. Oui, Serge, j'ai une raison particulière de vous en vouloir.

Première nouvelle, que je reçois avec une pointe de jalousie. Pas une seconde Sandra ne m'a laissé croire qu'elle était amoureuse de Bruno Lesage. Quelle comédienne ! Tu devrais faire du cinéma, Sandra, du vrai. Je me penche en avant, tout ouïe, car j'ai l'impression que je ne suis pas au bout de mes surprises.

– Oui, encore les agissements de Bideau... soupire Petrovski, levant les yeux au ciel.

Je devine que Bideau est désormais sur un siège éjectable et ne va pas faire long feu. Ça ne m'attriste pas outre mesure. Petrovski s'adresse à moi :

– Voyez-vous, mon cher Frank – vous permettez que je vous appelle Frank ? –, dans cette affaire, deux options s'offrent à moi : vous tuer tout de suite, ou sonder d'abord vos intentions. Bideau a conclu après enquête qu'il valait mieux vous tuer tout de suite. Quant à moi, je désirais malgré tout connaître vos intentions réelles. Mais c'est un arbitrage difficile et j'ai besoin de votre aide...

– Je ne vous suis pas.

– Sandra a bien caché son jeu, alors. Je pensais que vous lui aviez tout avoué, ma chère ?

– Non, marmonne-t-elle, tête basse. Je voulais moi aussi être sûre de ses intentions.

ÉNIGME 48

À vous de deviner le point commun entre ces six termes.

BILLARD
LAPIN
MONTAGNE
POUPÉE
ROULETTE
SALADE

ÉNIGME 48

– Allez-vous m'expliquer, ou dois-je encore deviner ?

– Je vais essayer d'être à la fois concis et précis. Remontons à trois ans, au moment de l'affaire Global Exchange.

– Pour laquelle j'ai servi de bouc émissaire.

– Exactement… grâce à moi, en quelque sorte. J'ai usé de toutes mes influences pour vous faire condamner à la place de notre ami Bideau. Global Exchange devait être introduite au second marché. Il était prévu que le cartel Petrovski l'acquière à sa valeur plancher aussitôt après, valeur qui aurait dû grimper rapidement, bien entendu. Votre découverte des comptes, disons… irréguliers, a presque failli faire capoter l'affaire.

En fait, elle n'a été que retardée, mais passons. Mes comptables et avocats ont dû ruser pour vous faire porter le chapeau, Frank. J'en suis navré pour vous, mais de gros intérêts étaient en jeu… À ma décharge, Bideau pensait déjà à vous abattre, mais comme vous étiez sous les feux de l'actualité, ç'aurait été malvenu. J'ai pensé qu'un passage en prison ne vous ferait pas de mal….

Je fulmine.

– Alors c'est uniquement pour réaliser vos petites opérations boursières que j'ai fait trois ans de cabane…

– Je ne pouvais prendre aucun risque, Frank. Ces trois cents millions détournés que vous avez découverts… n'étaient que la partie immergée de l'iceberg. Mais passons sur cet épisode qui doit vous être pénible à évoquer. Au bout de trois ans, vous voilà libéré. Bien entendu, nous étions à l'affût. En prison, vous pouviez toujours crier à l'injustice et clamer votre innocence, personne ne vous écoute. Mais à l'air libre…

– Vous pensiez que j'allais rouvrir le dossier et réclamer justice ?

– Quelque chose comme ça, oui. Ce qui nous a mis la puce à l'oreille, c'est que, peu avant votre libération, Bruno Lesage s'est mis à fouiller dans nos affaires. En tant qu'inspecteur, il pouvait avoir accès aux dossiers classés de la Brigade financière, peut-être même de l'AMF…

– Mais oui ! C'est là qu'il a déterré mon rapport sur Global Exchange !

– Très certainement.

Voyant que Sandra ne me suit pas, je lui explique :

– C'est le dossier qui se trouve dans la clé USB.

– Quoi ? Tu as pu l'ouvrir ? Tu as trouvé le mot de passe ?

– Trop facile : c'était Palomo – mon nom. Il a juste fallu que je comprenne à quel point j'étais impliqué dans cette affaire.

– Et tu ne m'as rien dit ?

– Chacun ses petits secrets, n'est-ce pas ? (Je refrène mon sourire satisfait, reviens à Petrovski.) Mais je vous ai interrompu, monsieur. Continuez, je vous prie.

– Il n'y a plus grand-chose à ajouter. Bideau et moi avons logiquement conclu que Lesage et vous étiez en contact, qu'en quelque sorte il vous préparait le terrain. Mais comme je l'ai dit, je voulais sonder vos intentions. J'ai donc chargé Sandra de vous séduire et vous tirer les vers du nez. Le moins que l'on puisse dire, c'est qu'elle s'est mal acquittée de sa tâche… en ce qui concerne le second point en tout cas. (Regard sévère vers l'intéressée.)

– Je vous redis que Frank tombe de la lune et ne comprend pas ce qui lui arrive. Il ne connait même pas Bruno !

– Ça, ma chère Sandra, j'ai du mal à le croire. C'est pourquoi je vous avais demandé un complément d'enquête. (À mon adresse :) Pendant ce temps, notre ami Bideau avait lancé ses chiens à vos trousses. Or, ce que j'ignorais, c'est qu'il voulait aussi la peau de Lesage… pour des raisons personnelles, je présume.

– Bruno briguait sa place, rappelle Sandra. De plus il était de la police… Bideau le haïssait, d'après lui.

– Admettons. Je lui demanderai. Bref, le soir où vous êtes entré dans cette discothèque, il pensait faire d'une pierre deux coups : abattre Lesage et vous. Mais ses hommes n'ont atteint l'objectif qu'à moitié… Vous êtes un dur à cuire, Frank.

– N'est-ce pas ? je riposte finement. Pourtant ils n'ont pas ménagé leurs efforts. Il y a encore un truc qui m'échappe dans tout ça, c'est cette fameuse clé USB : à qui Bruno devait-il la remettre ? À Sandra ou à moi ?

– À vous, bien sûr. N'étiez-vous pas complices ?

– Zut, encore une fois, non ! Je l'avais jamais vu avant qu'il me colle son pistolet dans le dos. Et il m'a pas adressé plus de trois mots.

– Bruno était au courant pour Frank, avoue Sandra, tête basse. Je lui avais expliqué l'affaire. Il avait alors estimé que Frank était l'homme de la situation, puisqu'il possédait son dossier sur Global Exchange et qu'il n'y comprenait rien. Il a voulu profiter du fait que j'étais au Macumba avec Frank pour nous y rejoindre… Il savait que c'était dangereux, qu'il avait les tueurs de Bideau aux fesses, mais il est venu quand même. Et ils l'ont tué…

Des larmes perlent au coin de ses yeux. On ne joue plus, Sandra ?

– Mais comment tu savais que je serais là ? J'aurais pu passer la soirée n'importe où !

– Ça faisait un mois que tu venais me draguer au Macumba chaque week-end. On t'a repéré, Frank.

– Je vois…

– Maintenant que vous savez tout ou presque, mon cher Frank, reprend Petrovski, venons-en au but réel de votre visite.

– Non, encore un détail, s'il vous plaît… Je suis un peu maniaque du détail, mais c'est utile dans mon métier. C'est à toi Sandra que je m'adresse. Raconte-moi comment les tueurs de Bideau sont entrés chez toi sans forcer la porte.

Elle me fait sa moue boudeuse, mais ça ne marche plus, au contraire, ça aurait tendance à m'énerver, maintenant. Petrovski vient à son secours :

– Permettez-moi de répondre à sa place, car cette chère petite me paraît troublée. À une époque, nous avons été… relativement intimes, Sandra et moi. Emportée par l'enthousiasme – ou la passion, que sais-je ? – elle a cru bon de me laisser un double de ses clés. Je ne l'ai jamais utilisé, soit dit en passant, mais Bideau en a été informé… J'ignorais du reste qu'il me l'avait subtilisé. Décidément, ce garçon commence à m'incommoder.

ÉNIGME 49

Et glou-glou au fond de la rivière, Bideau.

– Bon, je soupire. Je crois que toutes les pièces du puzzle sont en place maintenant… Vous parliez du but réel de notre visite ?

– Une offre de négociation, bien entendu.

– Je vous écoute.

– Première option : vous me rendez cette clé USB dont vous n'aurez plus l'usage, car vous collaborerez avec nous. En tant qu'expert-comptable, bien entendu. Votre salaire sera le nôtre.

– J'ai déjà un emploi. Et maquiller des comptes, ce n'est pas une chose que j'aime faire, monsieur Petrovski.

– Réfléchissez-y cependant. Car la seconde option est la suivante : vous ne sortez pas d'ici vivant. Cela vaut aussi pour mademoiselle Sandra.

Je réprime un frisson.

– Je croyais que vous désapprouviez ces méthodes ?

– Mais hélas, elles sont parfois nécessaires.

***

Petrovski nous a laissés une heure. Une heure pour décider si je lui rends la clé et si j'accepte sa proposition d'emploi – autrement dit, si je deviens complice. À moins, bien sûr, que je préfère mourir… Mais vu l'instnct de conservation dont j'ai fait preuve jusqu'ici, il ne doit pas sérieusement croire à cette hypothèse. Moi non plus d'ailleurs.

Quant à Sandra, elle peut aussi décider de lâcher l'affaire sans contrepartie (hormis les « sanctions » que Bideau risque de subir), ou vivre dans le luxe et l'opulence en reprenant les business – coke et filles – de feu son amant : après tout, elle a déjà la plupart des contacts nécessaires, n'est-ce pas ?

Petrovski s'est éclipsé dans son manoir pour vaquer à ses affaires – ou bien lutiner sa poupée bronzée, que, du reste, nous n'avions pas revue. Il nous laisse réfléchir sous la

ÉNIGME 49

Voici un puzzle de dix-huit pièces. Elles forment, remises dans le bon ordre, une phrase de 54 caractères, espaces et point final compris. Trouvez le bon agencement permettant de formuler une énigme, à laquelle vous n'aurez plus qu'à répondre pour obtenir le mot-indice.

I	D	I	O	M	P	U		F
É	M	A	F	I	L	O	R	R
	1	9	U	T		A	U	
R		Z	C	E			E	N
C		C		P	A	M	É	
C	I	N	8	4	.	F	L	I

surveillance discrète mais infaillible de Joseph. Impossible de filer en douce.

Au début, nous nous regardons plus ou moins en chiens de faïence, Sandra et moi. Elle doit penser que je la déteste pour toutes ses tromperies, mensonges et cachotteries à mon égard. Mais non : elle avait un rôle à jouer et s'en est fort bien acquittée, vu sous cet angle.

Le seul problème, c'est qu'elle n'a pas fourni les infos escomptées, à savoir ce que je complotais avec Bruno Lesage. Le grain de sable dans l'engrenage, c'est justement la mort de Lesage, à qui Sandra tenait, contre toute attente. Comme dit Petrovski, ça nous fait à tous deux une raison particulière de lui en vouloir. Mais ce salaud nous tient – nous sommes bêtement tombés dans son filet. Comment en sortir maintenant ? Et si possible, sans vendre notre âme au diable ni laisser un crime impuni ?

Ne voyant pas d'issue, je me rapproche de Sandra, qui me dévisage avec méfiance.

– Je me doute que c'est un peu humiliant d'être moralement mise à nue comme ça… Maintenant que je sais à peu près tout, je ne peux pas t'en vouloir d'avoir fait ton travail. J'espère pour toi qu'il a été agréable… et que si on s'en sort, notre relation va se poursuivre, quoi qu'il en soit.

Un pâle sourire éclaire ses traits maussades.

– C'est vrai ?... (Le sourire s'efface, telle une trouée de soleil éphémère, et ses beaux yeux verts se voilent d'une bruine de larmes.) J'ai besoin de quelqu'un. Surtout en ce moment… D'avoir reparlé de Bruno avec Petrovski, ça me… (Elle agite une main devant sa figure, déglutit, ravale ses larmes. De nouveau son sourire fugitif.) Enfin, tu ne le sais pas, mais tu m'as été d'un grand secours, Frank. Tu m'as beaucoup aidée à surmonter cette épreuve…

Par une baise effrénée ? Ma foi, chacun sa façon de mener le deuil… Je lui souris à mon tour, lui prends la main.

– Eh bien, tant mieux. Je suis ravi de t'avoir rendu ce service, même si j'ai souvent été le dindon de la farce… Maintenant, si tu veux que l'on continue ensemble, il faut d'abord résoudre cette question cruciale : comment on se tire de ce merdier ?

Sandra m'adresse un adorable petit sourire en coin, assorti de son regard espiègle – puis soudain se jette dans mes bras et m'embrasse à pleine bouche. Elle en profite pour me chuchoter à l'oreille :

– Ne t'inquiète pas, j'ai un atout dans ma botte. Fais semblant d'accepter le boulot. Négocie. Dis-lui que Marco t'a déjà embauché. Fais-lui croire que tu es corruptible. OK ?

– D'accord, mais…

Elle se détache de moi, se lève, se dirige en ondulant vers le bar.

– Je reprendrais bien une vodka. Ça te dit ?

– Euh… On a quelque chose à fêter ?

– Peut-être.

Elle nous sert, nous trinquons et levons nos verres à la santé de Joseph, adossé à un pilier, dans l'ombre, qui nous adresse en retour un petit signe de tête. Puisqu'il est là, il aurait pu nous servir à boire…

Je me demande quel atout elle peut bien avoir dans sa botte, mais j'évite la moindre allusion à ce sujet, Joseph ayant certainement l'oreille tendue vers nous. Après tout, on verra bien… Je ne crois pas qu'elle acceptera l'option numéro deux de Petrovski : je la vois mal en baronne de la drogue et de la prostitution… Mais bon, ce n'est que mon opinion.

Quand Petrovski revient, je lui fais donc part de mon choix pour le poste d'expert-comptable. Je lui précise toutefois que Marco m'a déjà recruté pour sept mille euros par mois. Il me propose aussitôt dix mille, en précisant que Marco, il « s'en occupe ».

– Après tout, ajoute-t-il en souriant, si Marco vit aussi largement, c'est bien grâce à moi…

Sandra me glisse un discret clin d'œil et une ombre de sourire. Je ne comprends pas pourquoi.

Nous négocions encore un peu, pour la forme, puis Petrovski se lève, signifiant que l'entretien est terminé. Nous l'imitons.

– Ah ! fait-il en se frappant le front. Avec tout ça, nous n'avons rien décidé quant au sort de Sandra. Qu'en est-il, ma chère ?

Je lui prends la main et réponds à sa place :

– Cette aventure nous a rapprochés, et nous pensons continuer ensemble. Alors elle ne va pas batailler contre le patron de son amant…

– Sage décision. Eh bien, tout est réglé. Votre contrat vous parviendra sous quarante-huit heures, Frank. Quant à vous, ma chère Sandra, je vais vous regretter mais… bah ! L'amour est volage, n'est-ce pas ? (Il lui fait un élégant baisemain, puis serre la mienne avec vigueur.) Joseph va vous raccompagner. Un taxi vous attend devant l'entrée principale, qui vous ramènera chez vous. La course est déjà payée. À très bientôt, futur collaborateur… Ah ! Une dernière chose : n'essayez pas de vous envoler, mon cher. C'est un conseil d'ami que je vous donne là.

ÉNIGME 50

– Je comprends parfaitement, monsieur.

***

Dans le taxi qui nous ramène à la maison, je guette un moment où le chauffeur ne nous prête aucune attention, en train d'écouter la radio, pour me coller à Sandra et lui demander au creux de l'oreille :

– Alors c'est quoi, ton atout dans ta botte ? Tu peux me le dire maintenant…

Elle vérifie à son tour que le conducteur ne nous surveille

ÉNIGME 50

La course aux indices est terminée aussi. Comment partir de chez Petrovski pour arriver à l'épilogue de cette aventure en passant par toutes les cases une et une seule fois ?

Lorsque vous avez atteint le tracé idéal, notez les 4e, 8e, 12e, 16e, 20e, 24e et 28e lettres rencontrées au cours de votre périple à travers les 33 cases. Elles forment dans cet ordre votre ultime indice.

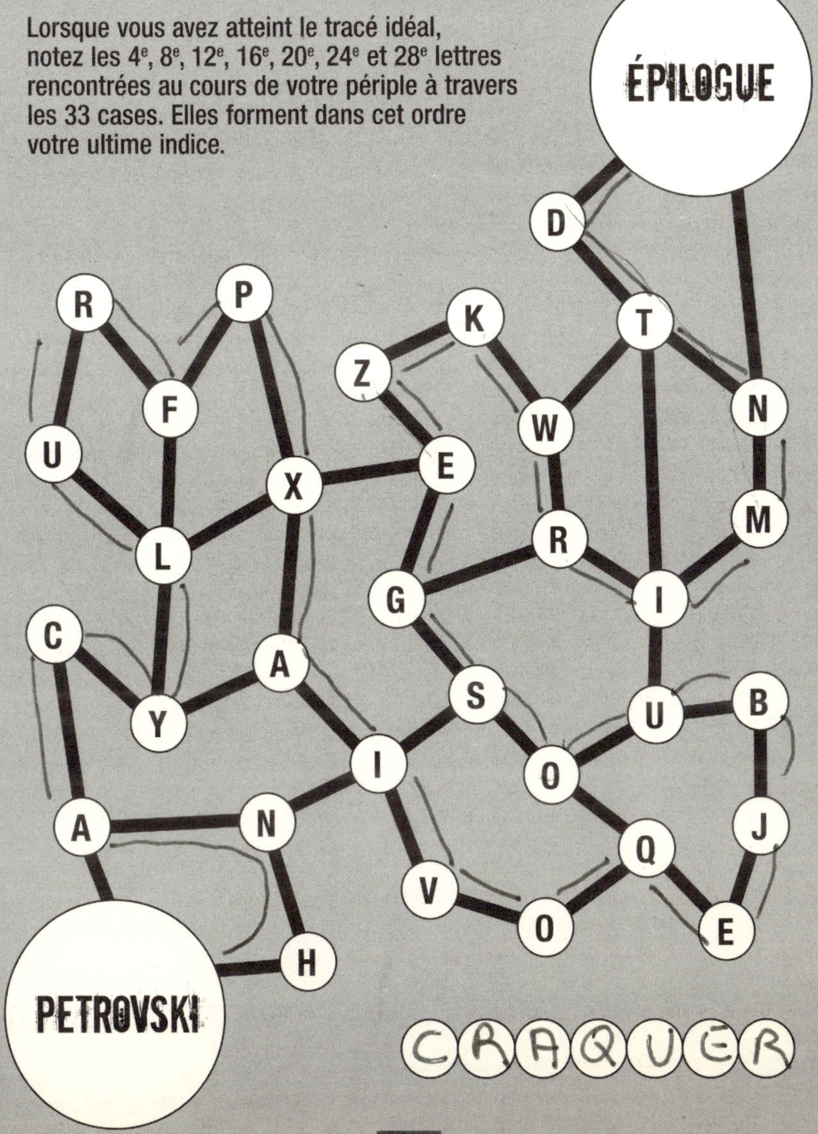

pas, puis elle prend ma main, la glisse sous sa robe, la pose sur sa jambe. Par réflexe, ma main remonte vers sa cuisse mais elle la saisit de nouveau, la fait redescendre.

– Dans ma botte, je te dis !

Ah, il fallait prendre l'expression au pied de la lettre ? Je glisse ma main dans sa botte. Mes doigts touchent quelque chose. Un truc plat, fin, en plastique, genre lecteur mp3 ou… clé USB ?

– Qu'est-ce que c'est ? je murmure, le nez dans ses cheveux.

– Un mini-enregistreur. Il y a là dedans toute notre conversation avec Petrovski.

Je retiens un sifflement d'admiration.

– Chapeau ! Mais… Les gardes t'ont scannée à l'arrivée, tout comme moi. Ils ne l'ont pas découvert ?

– C'est surtout du plastique. Le peu de métal s'est confondu au scan avec les crochets de mes bottes.

– Très fort, Sandra. Et qu'est-ce que tu vas en faire ?

– Tu sais, jouer la pute de luxe, ça crée des relations. Je connais un juge très intègre, à mon avis incorruptible, qui n'a qu'un seul vice : le fouet. Je vais lui remettre cet enregistrement avec d'autres documents, ainsi que la clé USB. Je pense qu'avant que ton contrat ne te parvienne, le scandale aura éclaté, Bideau et Petrovski seront sous les verrous.

– Tu me parais bien sûre de toi, là…

– C'est déjà tout préparé. Il n'attend plus que je lui fournisse les preuves.

– Mazette ! Tu as fait ça quand ?

– Avec Bruno. C'était ça, notre plan : il voulait tout lâcher, en vérité, et il pensait qu'en livrant sur un plateau cette grosse affaire, il pourrait être réintégré dans la police. Il ne nous manquait plus que les aveux de Petrovski – voilà qui est fait. Grâce à toi, Frank. Tu as parfaitement joué ton rôle, tu as été un merveilleux appât.

La garce ! Jusqu'au bout, elle me roulera dans la farine… En guise de représailles, je décide de la renverser sur la banquette arrière du taxi.

Le chauffeur jette un coup d'œil dans le rétro, puis monte le volume de la radio.

***

DÉSILLUSIONS

Nous sommes repassés par le Macumba récupérer la clé, que j'ai donc remise à Sandra pour qu'elle la donne à son « juge intègre ». Méfiant malgré tout (on le serait à moins), j'en ai fait une copie dans l'ordi de Marco, ou plutôt de son ancien comptable. Lequel Marco a été plutôt surpris de nous revoir : quand le Boss vous convoque pour une connerie que vous avez faite, vous n'êtes jamais sûr d'en revenir vivant… J'ai expliqué à Marco que nous avions trouvé un arrangement, sans entrer dans les détails. Il verra bien quel arrangement, quand les flics viendront arrêter tout le monde…

Bizarrement, ce soir-là, Sandra n'a pas voulu que je l'accompagne chez elle. Elle a prétexté qu'elle était fatiguée, avait besoin de solitude pour faire le point, mettre tout ce dossier en ordre pour sa visite au juge le lendemain, des choses comme ça. Je ne la croyais pas et ça me chagrinait, car je m'étais bien fait aux nuits passées avec elle, et je me disais que maintenant qu'elle avait obtenu ce qu'elle voulait, elle allait me laisser tomber comme une vieille chaussette…

Je ne croyais pas si bien me dire : en fait, c'était la dernière fois que je voyais Sandra.

Je suis donc retourné chez moi, avec l'espoir que Petrovski avait bien fait ce qu'il fallait et que les sbires de Bideau ne me feraient pas une nouvelle visite surprise. J'ai remis un peu d'ordre – le bordel était resté tel que je l'avais laissé, évidemment –, grignoté un morceau sur le pouce et me suis couché tout seul dans mon lit froid. Dois-je préciser que j'ai très mal dormi ?

Le lendemain, j'ai pris sur moi pour attendre une heure raisonnable – autour de midi – avant d'appeler Sandra. Pas de réponse, ni sur son fixe ni sur son mobile. J'ai bien dû appeler dix fois au cours de la journée avant de me résoudre à aller voir, les tripes nouées d'anxiété : et s'il y avait eu des représailles ? Et si Bideau, ou Petrovski, ou je ne sais qui l'avait descendue ? Elle était impliquée à tellement de niveaux qu'il était difficile de discerner ses amis de ses ennemis…

Je me suis cassé le nez sur sa porte close. Silence de l'autre côté, pour ce que je pouvais en capter. Absente… ou morte.

Je l'ai inondée de messages, par téléphone et e-mail. Aucune réponse.

Le lendemain, toujours rien. J'ai appelé Marco, il n'avait aucune nouvelle. J'ai même pris le risque de contacter Petrovski, que je n'ai pas eu personnellement, mais on m'a assuré que « Sandra n'avait rien à craindre ». Alors ? C'était quoi ce nouveau micmac ?

**CHER LECTEUR,
À VOUS DE COMPLÉTER
L'ÉPILOGUE AVEC
LES INDICES RECUEILLIS**

Deux jours ont encore passé – deux jours d'angoisse pour moi, ce qui m'a surpris, car je ne croyais pas avoir cette nana autant dans la peau – et ce matin, je reçois le courrier fatal. Doublement fatal, même.

La première lettre semble être le contrat de Petrovski. Je le mets de côté sans le lire, très intrigué par la seconde lettre, qui vient du Belize. Je ne connais absolument personne au Belize – je ne sais même pas où c'est.

Elle contient une jolie carte postale d'une plage évidemment paradisiaque, un chèque de cinquante mille euros, ainsi qu'un mot manuscrit, d'une belle écriture, nerveuse mais précise.

C'est Sandra, évidemment.

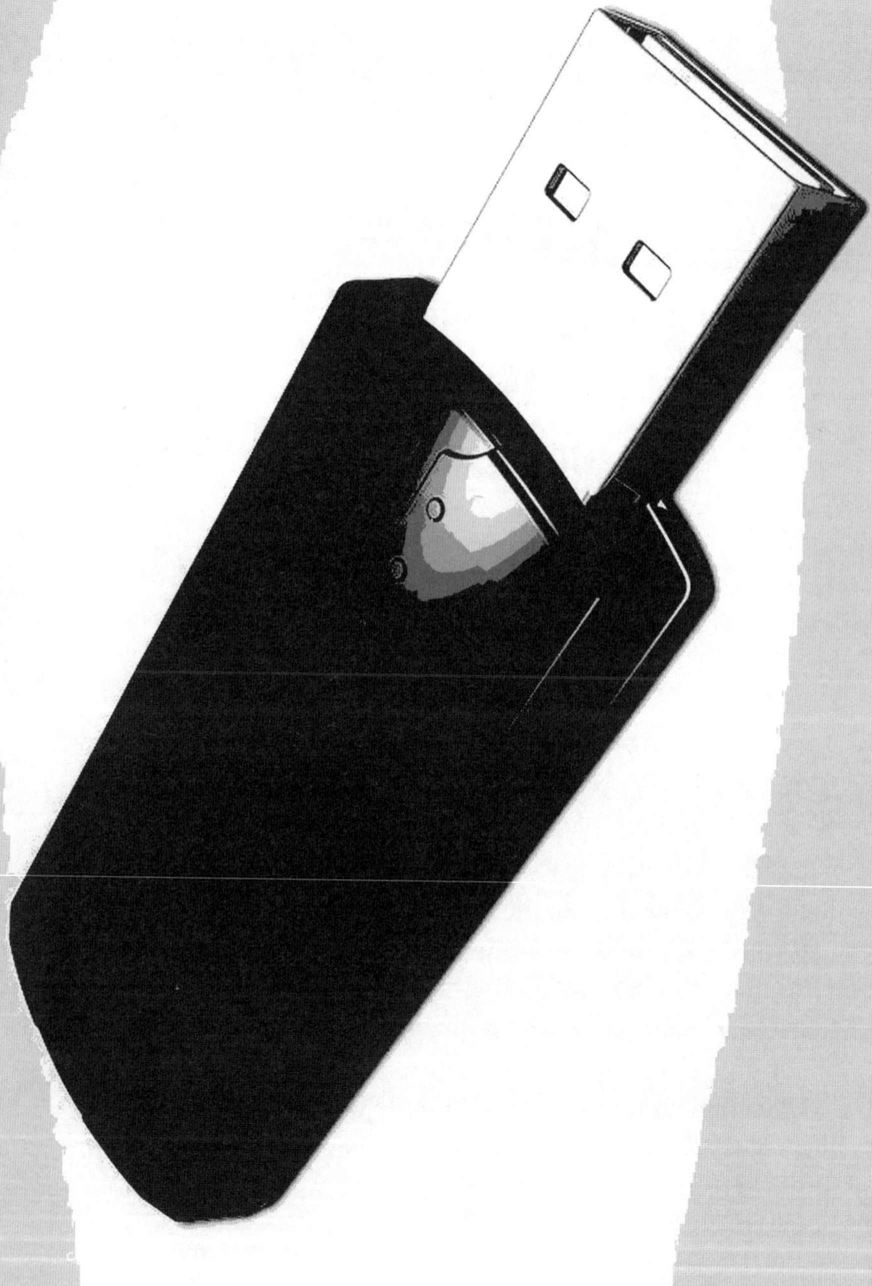

ÉPILOGUE

Mon cher Frank,

Je te dois une explication.

Bruno et moi, nous faisions équipe, comme tu le sais : le flic ripou et la pute de luxe, en apparence. Mais en réalité, j'étais Sylvie Mirlande, indic et prête à tout pour servir la loi et plaire à mon homme.

Un soir, Bruno me dit qu'il peut faire INDICE 21 ________ INDICE 8 ________, grâce à un de ses INDICE 32 ________. Qu'il aurait de l' INDICE 29 ________, qu'on serait heureux, que je pourrais lâcher mon boulot dangereux et qu'on ferait plein d'enfants, etc.

Puis, peu à peu, il devient bizarre, je sens qu'il me cache des choses : pour me INDICE 14 ________ ou pour me INDICE 1 ________ ?

Je décide de le surveiller et je découvre le INDICE 27 ________ aux INDICE 36 ________ en posant un [INDICE 43].

Son indic était un expert-comptable, employé par Petrovski, le même qui avait bossé sur ton [INDICE 30] et réuni les [INDICE 44] pour te faire [INDICE 24]. Du coup, il avait beaucoup appris sur les affaires de son boss. Ça lui a donné des idées…

Le petit génie parvient à [INDICE 50] certains des [INDICE 13] du [INDICE 15] : une [INDICE 10], mais il veut la [INDICE 7] et la protection de la police via Bruno. Mais [INDICE 9] à ce moment-là a viré [INDICE 49] et le [INDICE 35] l'intéresse plus que la [INDICE 12]...

Petrovski soupçonne l'indic et le fait buter, mais avant de mourir, le gars refile à Bruno une [INDICE 45] contenant toutes les infos, les banales en clair et les plus importantes dans un INDICE 11 protégé par un INDICE 23 .

Mais ça, Bruno l'ignore et il ne sait pas comment s' INDICE 2 le INDICE 6 .

C'est là que tu arrives dans l'histoire, Frank.

Depuis que tu es sorti de taule, Petrovski te fait surveiller. C'est une aubaine quand il t'a vu débouler au Macumba où Marco lui doit tout. Il me demande de t'occuper en disant que tu pouvais être dangereux.

Moi je ne savais même pas qui tu étais.

Mon INDICE 5 , mon Bruno, se sait INDICE 31 . Il doit aller vite. Il venait me INDICE 42 pour qu'on INDICE 25 quand il est descendu près de ta INDICE 22 .

Moi j'étais INDICE 16 . Petrovski savait-il

que je travaillais pour un INDICE 33 ________ ?

Toi, tu avais désormais la clé et les INDICE 4 ________.

Et puis tu as été gentil avec moi. Tu m'as vraiment fait du bien. Alors, j'ai composé avec les événements...

Il fallait faire INDICE 26 ________ au INDICE 48 ________ qu'il nous INDICE 34 ________, afin que j'aie le temps de me INDICE 19 ________. Et il me fallait surtout ce fichu INDICE 37 ________ et j'étais persuadée que tu le INDICE 39 ________.

Tu as mis du temps… mais, après, je n'avais plus qu'à suivre la INDICE 41 ________ notée par l'indic pour INDICE 28 ________ ; pour info, j'ai pu INDICE 3 ________ INDICE 17 ________.

Pas mal, hein ?

Avant de partir, j'ai fait passer l' INDICE 47 ________ de la INDICE 38 ________ de Petrovski et la copie des INDICE 18 ______________ sur lui à des INDICE 40 ______________ flics.

Quand tu recevras cette lettre, je serai loin. Inutile d'essayer de me retrouver, les pistes sont trop bien brouillées. Prends soin de toi, ça risque de chauffer pour ton matricule. Mais après tout, tu es innocent comme l'agneau, pas vrai ?

Je t'envoie un INDICE 20 ______________ pour remplacer ta INDICE 46 ______________.

Je te devais bien ça aussi.

Je t'embrasse,

Sandra

Je me suis dit qu'en fin de compte, quand j'ai démarré en trombe ce soir-là du parking du Macumba, c'est moi qui étais à la place du mort.

La lettre de Petrovski n'est pas du tout le contrat, en fait. C'est une nouvelle convocation.

CHER LECTEUR, VOICI L'ÉPILOGUE COMPLÉTÉ AVEC LES INDICES RECUEILLIS

Deux jours ont encore passé – deux jours d'angoisse pour moi, ce qui m'a surpris, car je ne croyais pas avoir cette nana autant dans la peau – et ce matin, je reçois le courrier fatal. Doublement fatal, même.

La première lettre semble être le contrat de Petrovski. Je le mets de côté sans le lire, très intrigué par la seconde lettre, qui vient du Belize. Je ne connais absolument personne au Belize – je ne sais même pas où c'est.

Elle contient une jolie carte postale d'une plage évidemment paradisiaque, un chèque de cinquante mille euros, ainsi qu'un mot manuscrit, d'une belle écriture, nerveuse mais précise.

C'est Sandra, évidemment.

Mon cher Frank,

Je te dois une explication.

Bruno et moi, nous faisions équipe, comme tu le sais : le flic ripou et la pute de luxe, en apparence. Mais en réalité, j'étais Sylvie Mirlande, indic et prête à tout pour servir la loi et plaire à mon homme.

Un soir, Bruno me dit qu'il peut faire 21 **tomber** 8 **Petrovski**, grâce à un de ses 32 **indics**. Qu'il aurait de l'29 **avancement**, qu'on serait heureux, que je pourrais lâcher mon boulot dangereux et qu'on ferait plein d'enfants, etc.

Puis, peu à peu, il devient bizarre, je sens qu'il me cache des choses : pour me 14 **protéger** ou pour me 1 **doubler** ?

Je décide de le surveiller et je découvre le 27 **pot** aux 36 **roses** en posant un 43 **micro**.

Son indic était un expert-comptable, employé par Petrovski, le même qui avait bossé sur ton 30 **dossier** et réuni les 44 **fausses preuves** pour te faire 24 **arrêter**. Du coup, il avait beaucoup appris sur les affaires de son boss. Ça lui a donné des idées…

Le petit génie parvient à 50 **craquer** certains des 13 **comptes offshore** du 15 **mafieux** : une 10 **fortune**, mais il veut la 7 **moitié** et la protection de la police via Bruno. Mais 9 **Bruno** à ce moment-là a viré 49 **ripou** et le 35 **fric** l'intéresse plus que la 12 **gloire**...

Petrovski soupçonne l'indic et le fait buter, mais avant de mourir, le gars refile à Bruno une 45 **clé USB** contenant toutes les infos, les banales en clair et les plus importantes dans un 11 **fichier caché** protégé par un 23 **mot de passe**.

Mais ça, Bruno l'ignore et il ne sait pas comment 2 **s'approprier** le 6 **magot**.

C'est là que tu arrives dans l'histoire, Frank.

Depuis que tu es sorti de taule, Petrovski te fait surveiller. C'est une aubaine quand il t'a vu débouler au Macumba où Marco lui doit tout. Il me demande de t'occuper en disant que tu pouvais être dangereux.

ÉPILOGUE

Moi je ne savais même pas qui tu étais.

Mon 5 **mec**, mon Bruno, se sait 31 **découvert**. Il doit aller vite. Il venait me 42 **rejoindre** pour qu'on 25 **file** quand il est descendu près de ta 22 **voiture**.

Moi j'étais 16 **paniquée**. Petrovski savait-il que je travaillais pour un 33 **flic** ?

Toi, tu avais désormais la clé et les 4 **compétences**. Et puis tu as été gentil avec moi. Tu m'as vraiment fait du bien. Alors, j'ai composé avec les événements...

Il fallait faire 26 **croire** au 48 **Russe** qu'il nous 34 **tenait**, afin que j'aie le temps de me 19 **retourner**. Et il me fallait surtout ce fichu 37 **code** et j'étais persuadée que tu le 39 **trouverais**.

Tu as mis du temps… mais, après, je n'avais plus qu'à suivre la 41 **procédure** notée par l'indic pour 28 **piquer le blé** ; pour info, j'ai pu 3 **détourner** 17 **trente millions d'euros**. Pas mal, hein ?

Avant de partir, j'ai fait passer l'47 **enregistrement** de la 38 **tirade** de Petrovski et la copie des 18 **documents** sur lui à des 40 **ex-copains** flics.

Quand tu recevras cette lettre, je serai loin. Inutile d'essayer de me retrouver, les pistes sont trop bien brouillées. Prends soin de toi, ça risque de chauffer pour ton matricule. Mais après tout, tu es innocent comme l'agneau, pas vrai ?

Je t'envoie un 20 **chèque** pour remplacer ta 46 **Titine**.

Je te devais bien ça aussi.

Je t'embrasse,

Sandra

Je me suis dit qu'en fin de compte, quand j'ai démarré en trombe ce soir-là du parking du Macumba, c'est moi qui étais à la place du mort.

La lettre de Petrovski n'est pas du tout le contrat, en fait. C'est une nouvelle convocation.

ÉNIGME 1 (p. 17)

Le parcours recherché est : AGFDIESO PZJUAINBKEMLVWYETXCRFOQJH.
Les 4e, 8e, 12e, 16e, 20e, 24e et 28e lettres forment le mot : DOUBLER.

ÉNIGME 2 (p. 21)

Le verbe pronominal est : S'APPROPRIER.

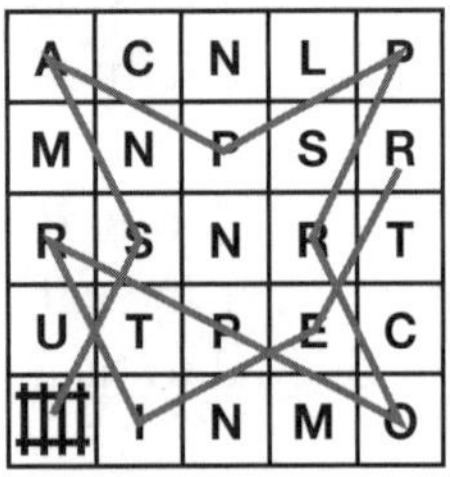

ÉNIGME 3 (p. 25)

1. Laval, ressasser. 2. Journaliste, misanthrope, psychodrame. 3. Somnoler (mno), interstice (rst). 4. Dialecte (délicate), pointois (position), cironnée (connerie). 5. Agressif, échafaud. 6. Hantes, anisé, réant (méchantes, mécanisé, mécréant). 7. Ratier (ratiboiser). 8. Baobab, raccourci, mammouth, hippocampe. 9. Folklorisant. 10. Décision (indices + 0).
Il reste détourner, kilogramme et obscurcie. Notre mot indice est donc DÉTOURNER.

ÉNIGME 4 (p. 26)

COMPÉTENCES.
1-6. Souris. 4-9. Risque. 7-14. Querelle. 13-21. Lendemain. 20-27. Internet. 26-29. Être. 27-31. Tréma. 30-36. Macumba. 35-41. Baptême. 40-43. Menu.

ÉNIGME 5 (p. 29)

Le carré magique complet s'écrit comme suit :

18	4	32	15
7	40	12	10
11	9	8	41
33	16	17	3

11 × 41 × 3 = 1353.

Deux possibilités de mots : « acec », en quatre lettres et qui n'existe pas, et « mec », en trois lettres, en considérant la suite 13, 5, 3. L'indice est donc MEC.

ÉNIGME 6 (p. 33)

Après avoir tout biffé, il reste les cinq lettres A, G, M, O, T de MAGOT.

ÉNIGME 7 (p. 34)

Les mots de la première série sont : clix flum poji latur decoju fru letui sten maloz xun djapi cnop lesfa mlar dfeipo broph ika nodm rauiu cnod hyd noch xop iku coja milaz djipa iki.
Dans la seconde ont été ajoutés : fru / rauiu / dfeipo / ika / flum / **I** / mlar / djipa / milaz / xop / latur / **O** / maloz / cnop / noch / iki / hyd / poji / iku / **I** / letui / djapi / lesfa / **T** / sten / xun / clix / broph / **M** / nodm / decoju / cnod / **E** / coja
Les six lettres sont I, O, I, T, M, E avec lesquelles on forme le mot MOITIÉ.

ÉNIGME 8 (p. 37)

PETROVSKI.

ÉNIGME 9 (p. 40)

Le mot indice est BRUNO.

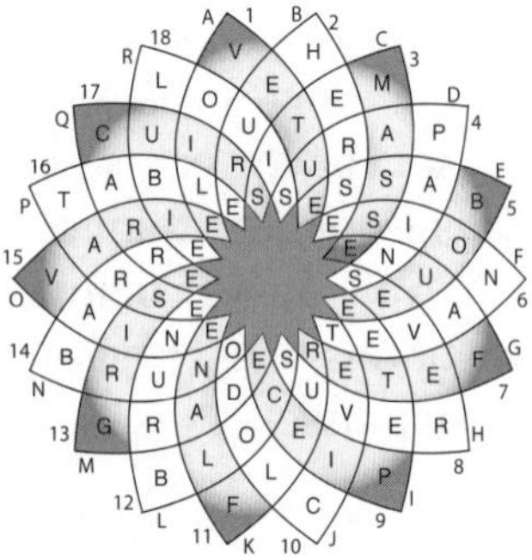

ÉNIGME 10 (p. 43)

FORTUNE.

ÉNIGME 11 (p. 49)

FICHIER CACHÉ.
1-4. Flic. 2-7. Lichen. 6-12. Enchère. 11-15. Rétro. 13-20. Tropical. 18-24. Calibre. 22-27. Brebis. 25-29. Bison. 27-31. Songe. 30-34. Geôle.

ÉNIGME 12 (p. 53)

L'énigme à reconstituer est : « Le château de ma mère viendra après celle de mon père. » Et la réponse est : GLOIRE, en référence à l'œuvre de Marcel Pagnol.

ÉNIGME 13 (p. 56)

COMPTES OFFSHORE.
1-7. Flingue. 5-9. Guère.
8-15. Revolver. 13-18. Verbal.
16-20. Balle. 19-26. Légitime.
25-31. Meurtre. 30-37. Recharge.
36-42. Gestapo. 39-44. Tapons.

ÉNIGME 14 (p. 61)

Les lettres coupables associées à chacun des mots sont :
PACTES (PCS) ;
BRAISE (RAISE) ;
ORAGES (OAS) ;
PLAINT (INT) ;
SAOULE (AOE) ;
AIGRES (IGS) ;
SAINTE (INTE) ;
MARTIN (RT).
Le seul mot que l'on peut construire en prenant une lettre dans chacun des groupes, de haut en bas, est le mot : PROTÉGER.

ÉNIGME 15 (p. 63)

MAFIEUX.

ÉNIGME 16 (p. 67)

En plaçant les alcools comme ceci :

1	C	H	A	M	P	A	G	N	E
2	V	O	D	K	A				
3			G	I	N				
4			W	H	I	S	K	Y	
5		D	A	I	Q	U	I	R	I
6		T	E	Q	U	I	L	A	
7			B	I	E	R	E		
8		P	I	N	E	A	U		

On lit l'indice PANIQUÉE.

ÉNIGME 17 (p. 71)

TRENTE MILLIONS D'EUROS.

	A	B	C	D	E	F	G	H	I	J
1	V	[12] O	[15] D	K	A	B	[8] I	S	O	[4] N
2	A	C	[11] I	E	R	■	N	E	N	E
3	U	■	L	I	[7] M	I	[3] E	R	■	F
4	[1] T	O	U	R	E	[10] L	L	E	[14] S	■
5	O	S	[6] E	E	■	L	E	■	O	[18] R
6	[17] U	E	■	T	[2] R	E	G	[19] O	R	■
7	R	I	S	[20] S	E	■	A	P	T	E
8	■	[9] L	O	U	P	A	[13] N	T	■	N
9	A	L	I	■	I	N	T	A	C	T
10	G	E	N	E	[5] T	■	E	T	R	[16] E

ÉNIGME 18 (p. 75)

4	9	2	5	1	7	8	6	3
5	1	6	9	8	3	7	2	4
8	3	7	6	4	2	1	9	5
6	7	3	1	9	5	2	4	8
2	8	4	7	3	6	9	5	1
9	5	1	4	2	8	6	3	7
7	6	8	3	5	9	4	1	2
1	2	5	8	6	4	3	7	9
3	4	9	2	7	1	5	8	6

Avec les lettres proposées pour la séquence 284736951, seul le mot DOCUMENTS peut être constitué.

ÉNIGME 19 (p. 76)

Si l'on note 0 les voyelles et 1 les consonnes, tous les mots sont formés sur le schéma 010110010 sauf RETOURNER qui correspond exactement à l'opposé : 101001101.
C'est lui la brebis galeuse ou l'intrus de la liste.

ÉNIGME 20 (p. 79)

CHÈQUE.

ÉNIGME 21 (p. 80)

On a ajouté successivement T, O, M, B, E et R pour former TOMBER (dans la gueule du loup).

ÉNIGME 22 (p. 87)
VOITURE.

ÉNIGME 23 (p. 91)
Mandarine, c**O**ing, ci**T**ron, gol**D**en, gros**E**illes, maypo**P**, caramb**A**r, framboi**S**e, prune**S**, cacahouèt**E** :
MOT DE PASSE.

ÉNIGME 24 (p. 94)
ARRÊTER.

1		C	L	E	**A**	M	O	L	E	T	T	E	
2		T	O	U	**R**	N	E	E	C	R	O	U	
3		T	O	U	**R**	N	E	V	I	S			
4	P	I	N	C	**E**	P	L	A	T	E			
5		M	A	R	**T**	E	A	U					
6	P	I	N	C	**E**	A	D	E	N	U	D	E	R
7			F	E	**R**	A	S	O	U	D	E	R	

ÉNIGME 25 (p. 97)
L'énigme à reconstituer est :
« Elle peut être indienne, double ou d'attente. » Et la réponse est : FILE.

ÉNIGME 26 (p. 101)
Chaque ligne et chaque colonne contient une carte de chacune des quatre couleurs : pique, cœur, trèfle, carreau. Et le cumul de chaque ligne ou colonne est égal à 21.
Pour garder cette logique, la carte retournée est le TROIS DE CARREAU.
En inscrivant ce mot sur les tirets, vous obtenez R O I C R E dans les cercles.
Un seul verbe peut être composé à partir de ces six lettres : CROIRE.

ÉNIGME 27 (p. 104)
POT.

ÉNIGME 28 (p. 107)
La méthode de codage est classique, les prénoms sont décalés d'un nombre de lettres constant, mais différent pour chacun : 1 pour Sandra, dont le S devient T, le A devient B, le N devient O, etc.
On aboutit ainsi à TBOESB. Le décalage est de deux rangs pour Bruno, trois pour Étienne et quatre pour Marco.
En essayant ces décalages dans le sens inverse de l'alphabet au message SLTXHU OH EOH, on obtient une solution lisible pour le rang trois : PIQUER LE BLÉ.
Étienne aurait-il des intentions malhonnêtes ou l'un des protagonistes essaie-t-il de lui faire porter le chapeau ?

ÉNIGME 29 (p. 111)
AVANCEMENT.

ÉNIGME 30 (p. 117)
DOSSIER.

ÉNIGME 31 (p. 119)
Multipliez 2 par lui-même autant de fois que nécessaire.
Le 29e jour, il faudrait verser 268 435 456 centimes !
On y retranche les 46 857 189 centimes reçus pour trouver 221 578 267.
Ce nombre commence bien par 22 (v'là les flics !).
Le mot correspondant sur le clavier du coffre est : DÉCOUVERT.
Marco risque d'en avoir un sacré s'il continue à remplir sa tirelire.

ÉNIGME 32 (p. 122)
Maigrichon, brugnon, amadoué, lessivage, réciproque, scarlatine.
Dans les cercles grisés, on lit INDICS.

ÉNIGME 33 (p. 125)
FLIC.
La petite diagonale passant par F laisse 34 de chaque côté.
Le segment horizontal passant par L divise le rectangle en deux sous-ensembles de total 37.
La petite diagonale descendant vers I sépare la figure en deux parties totalisant 31 points.
Le segment reliant le sommet du triangle au C délimite deux triangles contenant 32 points chacun.

ÉNIGME 34 (p. 126)
Le seul verbe qui puisse prolonger ces six séquences est TENIR (détenir, retenir, maintenir, soutenir, codétenir, contenir).
L'indice cherché est donc TENAIT.

ÉNIGME 35 (p. 129)

FRIC.

P	I	C	A	I	L	L	O	N		F	R	U	S	Q	U	I	N		U
A	L	O	R	S		E	M	E	R	A	U	D	E		R	U	B	I	S
L		M		O	R		B	R	O	U	T	E	M	E	N	T		D	E
I	M	P	E	C	U	N	I	E	U	X		R	A	G	E		D	E	
M	A	T	C	H		I	L		G		A	Z		E	S	S	I	E	U
P		A	U	R	I	F	I	E	E		M	O	M	E		C	A	S	H
S	E	B		O	P	E	C		S	T	E		A	N	A		M		L
E	R	I	G	N	E		A	S		O	T	E	R		S	C	A	L	A
S	E	L	L	E		M	U	N	I	C	H		I	L	I	O	N		N
T		I	A		P	A	X	O	N		Y	E	N		A	R	T	E	
E	P	S	I	L	O	N		B		P	S		E	N	T	I	E	R	E
	A	E	R	E		C	H	A	R	I	T	E		P	E	N	S	I	F
A	N		E		C	H	U		A	L	E	X	I	A		D		N	F
E	N	T	E	R	R	E	E	S		O		A	N		C	O	L	E	E
R	E	U	S	S	I	S		T	O	U	R	M	A	L	I	N	E		T

ÉNIGME 36 (p. 133)

ROSES.

ÉNIGME 37 (p. 135)

Sachant que neuf des dix boules de chaque balance font le même poids, les boules les plus légères sont donc obligatoirement chacune sur un plateau haut différent (la formulation de l'énoncé exclut que, par exemple, les boules T, R, I ou P soient plus lourdes que les autres). Parmi toutes les lettres apparaissant sur un plateau haut, toutes se retrouvent à un autre moment sur un plateau bas, sauf le C, le O, le D et le E.
L'indice cherché est donc CODE.

ÉNIGME 38 (p. 139)

179 464 991 + 662 450 986
= 841 915 977
841 915 977 ÷ 21 = 40 091 237
40 091 237 – 1 = 40 091 236
40 091 236 ÷ 439 = 91 324
91 324 × 8 = 730 592.

Avec la correspondance chiffres-lettres

7	3	0	5	9	2
G	I	F	A	D	C
T	B	R	U	V	E

Le seul mot que l'on peut construire est : TIRADE.
L'indice renvoyait à la tirade du nez, dans *Cyrano de Bergerac*.

ÉNIGME 39 (p. 141)

Trou – vœu – raie : TROUVERAIS.

ÉNIGME 40 (p. 145)

EX-COPAINS.

S	I	A	X	C	P	N	E	O
P	O	C	S	E	N	A	X	I
X	N	E	I	O	A	P	C	S
A	P	I	E	N	C	S	O	X
N	C	X	O	A	S	I	P	E
O	E	S	P	X	I	C	A	N
C	X	N	A	S	E	O	I	P
E	S	P	C	I	O	X	N	A
I	A	O	N	P	X	E	S	C

ÉNIGME 41 (p. 149)
PROCÉDURE.

ÉNIGME 42 (p. 152)
193 × 124 459 × 13 × 2
= 624 535 262 €.
Le mot correspondant sur le clavier du coffre est : REJOINDRE.

ÉNIGME 43 (p. 157)
MICRO.

ÉNIGME 44 (p. 163)
FAUSSES PREUVES.
1-7. Gorille. 6-11. Lesage. 9-13. Agent. 11-17. Enterré. 16-24. Règlement. 21-26. Mentir. 24-28. Tiras. 26-32. Rassure. 31-39. Répressif. 37-42. Siffle. 41-44. Lève.

ÉNIGME 45 (p. 167)
D, page 57, trois bandits dans la cour.
N, page 69, dix minutes que je sonne en bas.
P, page 150, quatre flics de l'Anti-gang à la porte.
R, page 90, à deux heures de l'après-midi.
T, page 77, cinq ans de mise à l'épreuve.
X, page 115, quinze ans de moins.
Il faut donc classer, de haut en bas, les dossiers associés à X (15), N (10), T (5), P (4), D (3) et R (2). Soit :

C	O	M	P	T	A
A	L	I	B	I	S
M	O	E	U	R	S
F	R	A	U	D	E
Y	A	K	U	S	A
T	O	U	B	I	B

L'indice dans la diagonale est CLÉ USB.

ÉNIGME 46 (p. 171)
1. Tirer les vers du nez.
2. Payer en monnaie de singe.
3. On entendrait une mouche voler.
4. Faire le pied de grue.
5. Reprendre du poil de la bête.
6. Avoir la chair de poule.

Avec les lettres cerclées, on forme l'indice TITINE.

ÉNIGME 47 (p. 175)
ENREGISTREMENT.
1-4. Cuba. 3-7. Bague. 5-12. Guéridon. 10-16. Don Vito. 13-18. Vitole. 17-21. Légal. 19-28. Galipettes. 26-34. Testament. 31-36. Mentir. 34-39. Tireur. 38-43. Urgent. 40-45. Gentils.

ÉNIGME 48 (p. 178)
L'adjectif RUSSE.

ÉNIGME 49 (p. 183)
L'énigme à reconstituer est : « Ce flic corrompu fut filmé au cinéma par Zidi en 1984. »
Et la réponse est : RIPOU (*Les Ripoux*, avec Philippe Noiret et Thierry Lhermitte).

ÉNIGME 50 (p. 187)
Le parcours recherché est : HNACYLURFP XAIVOQEJBUOSGEZKWRIMNTD.
Les 4e, 8e, 12e, 16e, 20e, 24e et 28e lettres forment le mot : CRAQUER.

Impression: Normandie Roto Impression s.a.s. à Lonrai
N° d'impression : 101743
Imprimé en France